फणीश्वरनाथ रेणु

हिन्दी कथा-साहित्य को सांगीतिक भाषा से समृद्ध करनेवाले फणीश्वरनाथ रेणु का जन्म बिहार के पूर्णिया जिले के औराही हिंगना गाँव में 4 मार्च, 1921 को हुआ। 1942 के भारतीय स्वाधीनता-संग्राम में एक प्रमुख सेनानी की हैसियत से शामिल रहे। 1950 में नेपाली जनता को राणाशाही के दमन और अत्याचारों से मुक्ति दिलाने के लिए वहाँ की सशस्त्र क्रान्ति और राजनीति में सक्रिय योगदान। कथा-साहित्य के अतिरिक्त संस्मरण, रेखाचित्र और रिपोर्ताज़ आदि विधाओं में भी लिखा। व्यक्ति और कृतिकार, दोनों ही रूपों में अप्रतिम। जीवन की सांध्य वेला में राजनीतिक आन्दोलन से पुनः गहरा जुड़ाव। जे.पी. के साथ पुलिस दमन के शिकार हुए और जेल गए। सत्ता के दमनचक्र के विरोध में पद्मश्री लौटा दी।

मैला आँचल के अतिरिक्त आपके अन्य उपन्यास हैं—परती : परिकथा, दीर्घतपा, जुलूस, कितने चौराहे, पल्टू बाबू रोड; ठुमरी, अगिनखोर, आदिम रात्रि की महक, एक श्रावणी दोपहरी की धूप, अच्छे आदमी, प्रतिनिधि कहानियाँ तथा सम्पूर्ण कहानियाँ में कहानियाँ संकलित हैं; आपका कविता-संग्रह है—कवि रेणु कहे; संस्मरणात्मक पुस्तकें हैं : ऋणजल धनजल, बन तुलसी की गन्ध, श्रुत-अश्रुत पूर्व, एकांकी के दृश्य, उत्तर नेहरू चरितम्, समय की शिला पर तथा आत्मपरिचय; नेपाली क्रान्ति-कथा चर्चित रिपोर्ताज़ है।

रेणु रचनावली में आपका सम्पूर्ण रचना-कर्म पाँच खंडों में प्रस्तुत किया गया है।

11 अप्रैल, 1977 को देहावसान।

पल्टू बाबू रोड

फणीश्वरनाथ रेणु

राजकमल पेपरबैक्स

पहला पुस्तकालय संस्करण
अनुपम प्रकाशन, पटना द्वारा
1979 में प्रकाशित

राजकमल पेपरबैक्स में
पहला संस्करण : 2013
चौथा संस्करण : 2023

राजकमल पेपरबैक्स : उत्कृष्ट साहित्य के जनसुलभ संस्करण

राजकमल प्रकाशन प्रा.लि.
1-बी, नेताजी सुभाष मार्ग, दरियागंज
नई दिल्ली-110 002
द्वारा प्रकाशित

शाखाएँ : अशोक राजपथ, साइंस कॉलेज के सामने, पटना-800 006
पहली मंजिल, दरबारी बिल्डिंग, महात्मा गांधी मार्ग, प्रयागराज-211 001
1, अनमोल सोराबजी संतुक लेन, धोबी तलाव, मरीन लाइंस, मुम्बई-400 002
वेबसाइट : www.rajkamalprakashan.com
ई-मेल : info@rajkamalprakashan.com

बी.के. ऑफसेट
नवीन शाहदरा, दिल्ली-110 032
द्वारा मुद्रित

मूल्य : ₹199

PALTU BABU ROAD
Novel by Fanishwarnath Renu

ISBN : 978-81-267-2720-9

पल्टू बाबू रोड

राय-परिवार के रेडियो-सेट का कोई आंतरिक यंत्र बिगड़ा हुआ है, शायद। घिघियाई हुई आवाज़ निकलती है। परिवार के प्रत्येक सदस्य को इस घिघियाहट से चिढ़ है। इसलिए, सिर्फ बुधवार की रात को बंगला-ड्रामा सुनने के लिए ही ट्यून किया जाता है। उस दिन पास-पड़ोस की दो-चार 'मासी-पीसी' भी आ जाती हैं। गृहस्वामिनी, घर की माँ, हर बुधवार को यह दुहराना नहीं भूलतीं कि कीमती रेडियो है, इसलिए घिघियाई आवाज भी निकल रही है–किसी तरह।

रेडियो-ड्रामा शुरू हो गया है। किन्तु, गृहस्वामिनी अपनी पड़ोसिनों के साथ, कस्बे के दूसरे मुहल्ले में घूमने गयी हैं। परिवार की सबसे बड़ी और अरक्षणीय कन्या बिजली अपने ऊपरवाले कमरे में अकेली कुछ कर रही है। दोनों प्राप्तवयस्क लड़के, घंटा और फेला (ये उनके 'डाकनाम', यानी पुकारने के नाम हैं) अपनी कोठरी में किसी गंभीर और गुप्त बहस में लीन हैं। रेडियो की घिघियाती आवाज की आड़ में जरा खुलकर बात करने का मौका मिला है। और, तीनों किशोरियाँ रेडियो को घेरकर बैठी, जी खोलकर ड्रामा उपभोग कर रही हैं। आस-पास कहीं कोई गुरु-जन नहीं।

रेडियो-ड्रामे में, अबला नायिका के कमरे में खलनायक घुस आया है। नशे में लड़खड़ाता हुआ संवाद, घिघियाहट के बावजूद, रह-रहकर कुछेक क्षण के लिए स्पष्ट हो जाता है। नायिका, नकियाई हुई आवाज में लगातार भगवान की दुहाई दिये जा रही है। तीनों किशोरियाँ एक-दूसरे की ओर देखती हैं। खलनायक ठठाकर हँसता है–हा-हा-हा-हा...

कड़-कड़-कड़-कड़! रमा कानों में उँगलियाँ डालकर मुँह बनाती है—की भीषण...खलनायक की आवाज क्रमिक कड़कड़ाहट के साथ पुनः तीव्र हुई—इसके पहले भी, कम-से-कम पचीसों लड़कियों को, इसी तरह पुकारते सुना है। मगर कभी नहीं आया भगवान। वरना—हा-हा-हा-हा-कड़-कड़-कड़-कड़...मैं भी दर्शन करके...कड़-कड़...।

अंदरवाली सीढ़ियों पर एक जोड़ी ज़नाना चप्पल की, एक तरंगवाली ध्वनि सुनाई पड़ी—ऊपर से उतरती हुई। रेडियोवाले कमरे में नायिका की चीख मँडरा रही है। रेडियो की खड़खड़ाहट तीव्रतर हुई और फिर—कर्रक्ट्ट रेडियो का गला टीप दिया गया।—जत सब।[1]

क्षण-भर का सन्नाटा।

रेडियो अगोरकर बैठी हुई—रमा, छबि, कना—तीनों किशोरियों पर एक साथ डाँट पड़ी—लाज नहीं आती? अगले सप्ताह से इम्तहान है न तुम लोगों का? पढ़ाई-लिखाई तो खटाई में गयी। ड्रामा शोना हच्छे।[2]

अंदरवाली सीढ़ियों पर, चप्पलों की आवाज, ऊपरवाले कमरे तक पहुँचकर अस्पष्टतर हो गयी। और, कमरे का दरवाजा सशब्द बंद हो गया। तीनों किशोरियों ने ऊपर की ओर देखकर—एक साथ मुँह बिदकाये—की जाला![3]

गृहस्वामिनी अपनी पड़ोसिनों के साथ लौटी—ए की? ड्रामा शेष? यह क्या, रेडियो बंद क्यों है?

किशोरियाँ, अपनी-अपनी किताब-कापियों पर नजर गड़ाकर चुप रहीं। ऊपरवाले कमरे का दरवाज़ा खुला। सीढ़ियों पर चप्पल की आवाज पूर्ववत् प्रतिध्वनित हुई। बिजली को फिर नीचे उतरना पड़ा—रेडियो मैंने बंद किया है, काकी। कब से खराब होकर पड़ा है, मरम्मत करवाने की छुट्टी ही नहीं मिलती है, किसी को।...और, जा बाजे बई।[4] परितोष उर्फ घंटा ने घटना-स्थल पर नाटकीय ढंग से प्रवेश करते हुए कहा—किन्तु, ड्रामे का डायलॉग तो स्पष्ट...।

1. सारा कुछ। 2. ड्रामा सुना जा रहा है। 3. कैसी मुसीबत है। 4. और, ऐसा रद्दी नाटक।

बिजली ने उसको अपना 'संवाद' पूरा नहीं करने दिया। बीच में ही भौं चढ़ाकर बोली—कुछ ज्यादा ही काबिल हो गये हो, आजकल! इसीलिए डायलॉग स्पष्ट...!

—बात पर बात उठती है!...एक प्रख्यात लेखक के नाटक को 'बाजे-बई' कहे कोई तो, उसको...।

—मैं तुमसे बात नहीं करती।

—यह दूसरी बात है।

गृहस्वामिनी, पड़ोसिनों के सामने घर के लड़के-लड़कियों का इस तरह लड़ना पसन्द नहीं करती। वह बिजली से, इधर कई दिनों से, मन-ही-मन असंतुष्ट भी रहती है। बोली—अच्छे-बुरे नाटक की बात मैं नहीं समझती। मेरे पेट में तुम्हारे बराबर विद्या नहीं। लेकिन, साँझ की पहली बेला में, सो भी बुधवार को, बेवजह की अशांति और झगड़ा-बखेड़ा उचित नहीं। यह मैं सौ बार कहूँगी।

गृहस्वामी, परिवार के कर्ता बाहर से आये—यह कौन-सा ड्रामा हो रहा है? बात क्या है?

गृहस्वामिनी मुँह लटकाये, पड़ोसिनों के साथ अंदर चली गयी। सभी अपने-अपने कमरे की ओर भागे। बिजली, किन्तु, चुपचाप खड़ी रही। गृहस्वामी ने अपने कमरे में पहुँचकर आवाज दी—बिजली!

गृहस्वामिनी को घर पहुँचकर अचानक याद आयी, एस्प्रो लाना भूल गयी। परिवार का 'पुरातन-भृत्य' रामटहल अपनी झड़ियल साइकिल पर सवार नहीं होना चाहता, आजकल। कुछ बुदबुदाता-बड़बड़ाता हुआ, 'फल-बागान' का फाटक खोलकर बाजार की ओर चला जाता है—रोज सिर में दर्द और रोज इसफरोस...।

परितोष उर्फ घंटा अपने कमरे में दाखिल हुआ, नाक फुलाता हुआ। कुछ बकने या उगलने को आतुर-जैसा। सत्यव्रत उर्फ फेला ने इशारे से पूछा—क्या हुआ?

फेला के सवाल का कोई जवाब नहीं दिया, घंटा ने। वह इधर-उधर कुछ ढूँढ़ता हुआ बोला—न्यूरेटिक!

फेला मुँह बाकर देखता रहा—माने?

घंटा को अपनी बुझी हुई आधी सिगरेट मिल गयी तो वह जरा नरम हुआ। पास की कुर्सी पर बैठते हुए बोला—समझे? कुछ समझ में आयी बात?

फेला का मुँह पूर्ववत् खुला देखकर घंटा विरक्त हुआ। बोला—नः, यह तुम्हारा दोष नहीं। तुम्हारे नाम का कसूर है।...अरे मूरखराज, समझे नहीं, इसमें भी...यह रेडियो बंद करने के पीछे भी 'सेक्स' है।

बच्चे का अँगूठा चूसने से लेकर बूढ़े के पैर हिलाने तक तो खैर, किसी तरह समझ गया था फेला—कि इसके पीछे सेक्स हो सकता है। अब, रेडियो बंद करने में भी सेक्स? उसने सिर खुजलाते हुए कुछ आश्चर्यित और कुछ दुखित भाव से कहा—तब तो...यह साला सेक्स, सर्वव्यापी है, घंटा-दा? है न?

घंटा ने बुझी हुई आधी सिगरेट को जलाने के लिए लाइटर को दो-तीन बार खच्च-खच्च कर अँगूठे से चलाया। फिर, मसहरी के ऊपर दियासलाई की डिब्बी टटोलता हुआ—नहीं तो, वर्तमान साहित्य-गगन के एक वेगवान नक्षत्र की प्रसिद्ध रचना को इस तरह कर्रकट्ट कर ऑफ कर दे कोई?

—अब तो, तू भी सेकेन्ड ईयर में आ गया। तुमने भी सुना होगा, नटचंद्र और नाट्यालंकार और न जाने क्या-क्या कहते हैं लोग श्री नवीनचंद्र को। तब, बताओ तुम्हीं, इस तरह रेडियो ऑफ करना, नवीनचंद्रजी की गरदन मरोड़ने की वासना की पूर्ति जैसी बात नहीं लगती तुमको? अरे, यह तो सीधा 'डेथ-इंसटिंक्ट' है। शेषे, अमनि कर्र-कट्ट करे ओ निजेके ना ऑफ करे फेले कोनो दिन![1]

—किंतु, घंटा-दा, संभव है, नाटक में ही कुछ ऐसी बात हो जिसने इस इंसटिंक्ट को उकसाया।

घंटा, किसी की पूरी बात सुनने के लिए अपने उमड़ते हुए विचार-प्रवाह को बाँधकर नहीं रख सकता। खासकर सेक्स के मामले में, फेला की पूरी बात वह कैसे सुन सकता है? रुखाई से बोला—बिना समझे-बूझे सीधी बात में 'संभव-असंभव' लगाकर पेंचदार बनाने की

1. अंत में इसी तरह कर्र-कट्टकर अपने को किसी दिन ऑफ न कर डाले!

आदत बुरी है, फेला। तुम लेखक को किस बूते पर दोष लगाना चाहते हो?

—सो क्यों? तुमने तो कहा था कि सही साइकोएनालाइज़[1] करने पर पुरुषोत्तम भगवान में भी बहुत सारी ग्रंथियाँ मिलें। घंटा ने सिगरेट की ठूँठ को दीवार के छेद में डालकर बुझा दिया। इस छेद को वह 'दीवाल-ऐशट्रे' कहता है। दीवाल-घड़ी हो सकती है तो, ऐशट्रे क्यों नहीं? उसने जीभ से सटी तम्बाकू की पत्तियों को दो-तीन बार थुकथुकाकर छुड़ाने की चेष्टा की। फिर, उँगली से जीभ की नोक को छूकर बोला, तनिक दुखित होकर—हूँ। मुश्किल तो यह है कि तुम कुछ पढ़ते-लिखते नहीं। इस सीरीज की किताबें मेरे पास पड़ी हैं, बेकार। जगह-जगह अंडरलाइन की हुई, ऐसी किताबें तुमको और कहाँ मिलेंगी? और, देगा ही कौन? एक बार डेथ-इंसटिंक्ट[2] वाला अध्याय पढ़ जाओ। घंटा को अचानक याद आयी—अरे हाँ। काकी से आज भी तू पैसा नहीं झीट सका न? कल तक तुम्हारी किताब की वी. पी. आ धमकेगी।

फेला ने तकिये के नीचे से पाँच रुपये का एक नोट निकालकर दिया तो घंटा महाप्रफुल्लित हो गया—वाह रे फेलू भाय! चाबास-चाबास! (घंटा, शाबास नहीं, चाबास ही बोलता है।)

घंटा ने अपने सूटकेस से कुछ निकालकर कहा—अब मैं तुमको सरप्राइज़ कर दूँ! लो, वी. पी. कल ही आ गयी थी। यह देखो।

फेला ने उछलकर घंटा के हाथ से किताब छीन ली। आवरण-चित्र देखकर वह तनिक आतंकित हुआ। बोला—मलाट माने गेटअप की तसवीर किन्तु मारात्मक है। सात ताले में बंद करके रखना होगा। रामटहल को अक्षर का ज्ञान नहीं। किन्तु, यह तसवीर तो ऐके बारे जाच्छेताई।

—नॉनसेन्स। चीज नहीं समझते? यह तो आर्ट है। फेला ने पहला पृष्ठ उलटाया—हेल्थ।

1. मनोविश्लेषण। 2. मृत्यु-वृत्ति।

गृहस्वामी श्री अमलेन्दु राय उर्फ लट्टू बाबू ने अपने चमड़े के बैग से कागज़-पत्तर निकालते हुए कहा–शरीर भालो तो? रात में जगकर टाइप करना होगा। कल ही सुबह की गाड़ी से पूर्णिया जाना पड़ेगा।

बिजली अपने काका बाबू की पर्सनल-असिस्टेन्ट ही नहीं, राय एंड ब्रदर्स, कंट्राक्टर एंड ऑर्डर सप्लायर–बैरगाछी, जिला पूर्णिया के छपे लेटर-पैड की तरह वह एक अंग है। शरीर भालो रहे या मन्द, कल सुबह की गाड़ी से पूर्णिया जानेवाले कागज़ातों को रात में जगकर टाइप करना ही होगा। वह काका के हाथ से सरकारी कागज़ लेकर पढ़ने लगी।

लट्टू बाबू अब तक कोट-कमीज़ उतार चुके थे। बाँह पर डोरे में बँधे ताबीज और रुद्राक्ष को उँगली से यथास्थान फिट करते हुए उन्होंने बिजली की ओर देखा...आँखों के पास की रेखाएँ, टेबल-लैम्प की रोशनी में स्पष्ट हो गयी हैं। नाइंटीन ट्वेंटी–1920; लट्टू बाबू ही नहीं, परिवार के प्रायः सभी सदस्यों को बिजली का जन्म-साल मालूम है। कम-से-कम गृहस्वामी और गृहस्वामिनी को तो खूब याद है। 1920 में ही उनकी शादी हुई थी और उनकी शादी के पाँच दिन बाद बड़े दादा को बेटी हुई थी। उसी साल बड़े दादा और बड़ी भाभी का स्वर्गवास हुआ। इसलिए परिवार के लोग, जब कभी 'बीस' बोलना होता है तो 'विष' कहते हैं।...तीन साल की बिजली।

बिजली बोली–किन्तु, काका बाबू! हरनाम सिंघ का ड्राइवर आकर कह गया है, चेक नहीं बना है।

–मालूम है। लट्टू बाबू सदा पासिंग शो सिगरेट पीते हैं। सिगरेट सुलगाकर बोले–साला सिंघ, बज्जात नम्बर वन।...हाड़बज्जात!

लट्टू बाबू मन-ही-मन सोचते हैं–इस हरनाम सिंघ को किसी तरह उल्लू नहीं बना सकी, बिजली। या, आँखों के पास उभरी हुई रेखाएँ...?

–धनीराम आया था? लट्टू बाबू ने पूछा।

बिजली बोली–आयेगा भला नहीं। चार बजे दिन तक बैठा, बक-बक करके गया है। कहता था, खाली हाथ वापस लौटने पर सभी मजदूर उसका भुर्ता बना देंगे।

धनीराम की ओर से लट्टू बाबू निश्चिंत हैं। साला जाबे कोथाय?

बिजली ने सबकुछ समझ लिया, क्योंकि सबकुछ समझने से लेकर कागज पर उचित व्यावसायिक ढंग से प्रस्तुत करने का काम उसी का है। वह अपने कमरे की ओर जाने लगी तो लट्टू बाबू ने पूछा—गांगुली अब नहीं आता?

उत्तर बिहार-बैंक की स्थानीय शाखा का नया एजेंट, गांगुली... भाल छेले।

बिजली ने मन-ही-मन कहा—भाल छेले ना हाथी!...व्हाइट एलिफेंट! उसने कोई जवाब नहीं दिया।

दालान में गृहस्वामिनी रामटहल की पाँच पीढ़ियों का उद्धार कर रही थी—हतभागा। डाक्टर बाबू हुआ है। कहता है, ज्यादा एस्प्रो मत खाइये...हार्ट खराब हो जायेगा। एस्प्रो तो नहीं, इसफरोस। मेरा हार्ट खराब हो या माथा, तुमको इससे क्या? एक घंटा कहीं से अड्डा मारकर लौटा है और कहता है, दुकान बंद हो गयी...इस घर के सभी समान हैं क्या मालिक, क्या नौकर।

ठाकुर अर्थात् मैथिल ब्राह्मण रसोइया बौबजन झा पूछने आया है, बड़े बाबू की आरागी ररोईघर गें लगेगी, या ऊगर कमरे में ही खागेंगे?

गृहस्वामिनी ने झुँझलाकर कहा—मैं कुछ नहीं जानती।

बिजली ने दालान की ओर खुलनेवाली खिड़की से कहा—ठाकुर! काका आज नहीं खायेंगे। दूध दे जाओ।

गृहस्वामिनी ने एक अद्भुत मुद्रा बनायी, पान से काली दंत-पंक्तियाँ और भी बीभत्स हो गयीं। सिर में बहुत दर्द है।

किशोरियों ने रसोईघर में कुहराम मचा दिया—ठाकुर समय पर खाना नहीं देता। गंदी बातें बोलता है...भाँग पीकर धुत रहता है।

ठाकुर ऊपर से उतरा—फेला बाबू चा माँगते हैं।

गृहस्वामिनी ने पूछा—फेला माँगता है या घंटा?

—दोनों।

गृहस्वामिनी को बड़बड़ाने का मसाला मिला—कॉलेज में क्या पढ़ने

गया है, माथा खरीद लिया है। रात में बारह बजे चाय चाहिए राजकुमारों को!

बिजली ने दालान की ओर खुलनेवाली खिड़की से फिर कहा–ठाकुर! अभी चाय नहीं बनेगी। बाबू लोगों को खाना खाने को बोलो।

गृहस्वामिनी ने पुनः अद्‌भुत मुद्रा बनायी और ठाकुर को चाय-चीनी की अलमारी की चाबी देकर बोली–एक कप मेरे कमरे में भी दे जाना।...कानून...कानून, सब जगह कानून! इस हुकुम और कानून की ज्वाला से मैं...।

गृहस्वामिनी बड़बड़ाती हुई चली गयी।

बिजली की उँगलियाँ टाइपराइटर पर नाच रही हैं। गृहस्वामिनी सपने में देखती है–बिजली नाच रही है।...घंटा और फेला को नींद आ रही है। बाहर, बरामदे पर रामटहल मच्छरों को भद्दी गालियाँ दे-देकर करवटें लेता है।

ट्रेजरी का घड़ियाल दो बार ढुग-ढुग कर बजा। पनार नदी के किनारे श्मशान घाट पर सियार ने, घड़ियाल के सुर में सुर मिलाकर पहली आवाज दी। बैरगाछी के सपाट मैदान को पार कर...दूर से आती हुई हवा सीधे बिजली के कमरे में गयी। दीवार पर टँगे कलैंडर के पन्ने फड़फड़ा उठे।...सन् 1950 मार्च का कलैंडर! हिलता-डुलता 1950!

बिजली उँगलियों को चटखाती चुपचाप कलैंडर की ओर देखती है। 1950 का शून्य, हिलता-डुलता, धीरे-धीरे बड़ा होता चला गया। विशाल शून्य! अनेक शून्य...टाइपराइटर के 'की बोर्ड' जैसे शून्यों पर बिजली की उँगलियाँ। 19,500 ...भगवान जाने, टेंडर का क्या होगा?

बिजली, अब सीमेंटवाली फाइल को अप-टु-डेट करके ही सोयेगी। मार्टिनगंज के मारवाड़ी पार्टनर छोगमलजी की बातें बिजली कभी नहीं भूल सकती–दीदीजी! आपनि लट्टू बाबू को कागज-पत्तर ठीक राखून आर सब जिनिस माने टीप-टाप अप-टु-डेट राखून बस, तारपोड़े कोनो

हाकिम किस्सू! छोगमल ने 'किस्सू' कहने के बाद ठूँठ-अँगूठा नचाकर अपनी बात पूरी की थी। छोगमल से थोड़ी देर बातें करने के बाद बिजली को लगता है कि उसकी देह छलनी हो गयी है। बुरी नजर छोगमल की! नुकीली-विषैली!! टीप-टाप अप-टु-डेट कहते समय उसकी मुसकराहट और भी अभद्र हो गयी थी। और, उसकी आँखें उस समय?...

छोगमलजी द्वारा प्रेज़ेन्टेड 'पार्कर-51' से बिजली ने एक कागज़ पर लिखना शुरू किया—टु द मैनेजिंग डिरेक्टर, सीमेन्ट सप्लाइंग...।

सीमेंट सप्लाइंग कंपनी का मैनेजिंग डिरेक्टर...छोगमल कुनकुनियाँ।

बौबजन झा...। बाबाजी हार्निया रोग का पुराना रोगी है। अचानक दौरा होता है। और, बौबाजन झा किलकिलाकर रो पड़ता है... अ-रा-बा-प! ओ-गो-मा-य!!

बौबजन झा की इस आकस्मिक चीख से सभी की नींद टूट जाती है। गृहस्वामिनी विरक्त होकर कहती है—ठाकुरेर आबार शुरू होलो। ओ बिजली!

बिजली 'पारिवारिक चिकित्साशास्त्र' में हार्नियावाला अध्याय खोज रही है। लट्टू बाबू अपने कमरे से ही पूछते हैं—ठाकुरेर की होलो?

रामटहल जवाब देता है—होबे आर की! ओही हरमुनियाँ रोग!

घंटा, फेला को जगाकर कहता है—ऐ फेला, उठो! ठाकुर का वो 'असभ्य रोग' फिर शुरू हुआ है। जरा ध्यान से सुनना, अभी बिजू-दी क्या-क्या सवाल करती है।

दालान में पड़ा बौबजन झा छटपटा रहा है। गा-गाकर रो रहा है—आ...गो...माय, आरे बाप!

फेला, अपनी छाती पर पड़ी हुई किताब को हटाकर उठ बैठता है—ठाकुर ऑपरेशन क्यों नहीं करवा लेता?...असभ्येर मतन पूषछे![1]

बिजली के पैरों की आहट सुनकर बौबजन झा की छटपटाहट और

1. असभ्यों की तरह पाल रहा है।

भी बढ़ जाती है। रामटहल उसकी देह को बार-बार कपड़े से ढँक देता है। बिजली, दवा का छोटा बक्स हाथ में लेकर आती है और पूछती है–ए ठाकुर! रोने-चिल्लाने से दर्द घटेगा नहीं और बढ़ेगा। बोली–इसका अगाड़ीवाला दर्द कै महीना पहले हुआ था? बोलो ना! ए ठाकुर! ठीक-ठीक बोलना होगा। नहीं तो दवा कुछ काट नहीं करेगा। समझा?

बिजली के सवालों का जवाब भी रो-रोकर ही देता है, ठाकुर–हमको याद नहीं। सावन होगा या भादो...आ गो मैया!

रामटहल अब डाँटकर कहता है–देह पर कपड़ा क्यों नहीं रहने देता है?

बिजली पूछती है–दस्त-कब्जियत है?

ठाकुर कुहरकर जवाब देता है–हे-ए-हे-ए-दस्तकब्जी है इसी से तो...आहि रे। बाप...प!

–किधर में जास्ती दर्द है!

–एँ-एँ-एँ-एँ-आ गो मा...य!

लट्टू बाबू अपने कमरे से पुकारकर कहते हैं–उतना सवाल-जवाब करने की क्या जरूरत!...एक डोज बेलाडोना थाट्टी खाई दे हत्तभागा के।

अब गृहस्वामिनी बिछावन छोड़कर बाहर आयी। ठाकुर फिर जोर-जोर से रोना शुरू कर देता है। गृहस्वामिनी तनिक सहानुभूति-भरे स्वर में कहती है–दवा-दारू से कुछ नहीं होगा। मैं जानती हूँ। रामटहल पानी गर्म करो। गर्म पानी का बोतल लाओ।

–हाँ, मायजी! गर्म पानी का बोतल ओ...गो माय...। ठाकुर दवा नहीं खाना चाहता। उसको इस दवा पर विश्वास नहीं। कहता है–उस बार गर्म पानी के बोतल से ही औसान हुआ था।...ई हिमापोथी दवा से क्या होगा...आ...आ...आ!

बिजली कहती है–ठाकुर, मुँह खोलो। आँ करो!

ठाकुर मुँह खोलकर दवा पी लेता है और नये तर्ज़ में रोना शुरू

करता है। बिजली जाते-जाते चेतावनी दे जाती है—अभी डेढ़-दो घंटा खैनी-तम्बाकू कुछ नहीं खाना। अच्छा?

घंटा और फेला, आजकल संसार की प्रत्येक बात को यौन-वैज्ञानिक विश्लेषणात्मक दृष्टि से देखता-परखता है। घंटा कहता है—देखना फेला, मार्क करना। ज्योंही गर्म पानी का बोतल काकी माँ ने अपने हाथ से दिया कि सब रोना-चिल्लाना बंद हो जायेगा, ठाकुर का।

फेला के दिमाग पर नयी किताब की तसवीरों की छाया छायी हुई है। किताब पढ़ते समय उसे लगा, उसके सिर के ऊपर से एक आँधी गुजर रही है। ऐसा सुन्दर स्वास्थ्य किस उपाय से बन सकता है? स्वस्थ स्त्री-पुरुष की तसवीरों को देखकर उसका जी छोटा हो गया था। उसने कहा—घंटा-दा! आर किछु भाले लागछे ना।

फेला को अब कुछ भी अच्छा नहीं लगता। अपनी दुबली-पतली काया की प्रतिच्छवि, बार-बार आँकने की चेष्टा में उसने घृणा से मुँह विकृत किया।...बिजली...बिजू-'दी' का स्वास्थ्य इतना सुन्दर कैसे हुआ? दूध-घी-अंडा-मांस—कुछ भी नहीं खाती, फिर भी...।

घंटा ने उस दिन के अनुसार अपनी गुप्त डायरी में लिखा—आज के अनुमान : लक्षणों से प्रतीत होता है कि कल द ग्रेट छोगमल का आगमन होनेवाला है। क्योंकि, कल काका का पूर्णिया जाना निश्चित है। छोगमल को छोड़कर गाजर का हलुंवा और किसके लिए बन सकता है? छोगमल हाल ही कलकत्ता से लौटा है। इस बार भी कोई प्रेजेंट लायेगा क्या? इस बार वह मुझे 'खोका' कहकर पुकारने का साहस नहीं कर सकता।...दूधवाले की बेटी सुदमिया गौना के बाद पहली बार ससुराल से आयी है...उसके स्वभाव के क्रमिक परिवर्तन का ग्राफ़ तैयार करना है। आज के अनुभव : बिजू-'दी' और काकी माँ में मौन-युद्ध चल रहा है। आजकल काकी माँ बहुत उदार हो गयी हैं। बिजू-दी से झगड़नेवाले सदस्य को एक टुकड़ा मछली अतिरिक्त प्राप्त होता है, उनके कर-कलछुल से। सही साइकोएनालिसिस के लिए घर ही उपयुक्त लेबरेटरी है।

बिजली सो गयी। गृहस्वामिनी, गृहस्वामी के कमरे में सिसकियाँ लेकर रो रही थी और गृहस्वामी लट्टू बाबू दबी आवाज़ में समझा रहे थे–तुम पगली हो...।

फूलबागान!

लट्टू बाबू उर्फ अमलेन्दु राय की कोठी का नाम है–फूलबागान। लट्टू बाबू के बड़े भाई, बिजली के पिता विमलेन्दु बाबू ने बहुत सोच-समझकर अपने घर का नाम रखा था। किंतु, फूलबागान के वे दो फूल–विमलेन्दु बाबू और उनकी पत्नी–बहुत कम समय में ही झर गये। परिवार के कर्त्ता लट्टू बाबू हुए जो मछली फँसाने और शतरंज खेलने के सिवा संसार के और किसी कर्म से परिचित नहीं थे। किंतु, मछली फँसाने की बुद्धि से ही उन्होंने राय-परिवार की नाव को सँभाल लिया।

राय-परिवार के संबंध में कुछ जानने के पहले यह जान लेना आवश्यक है कि इस बैरगाछी कस्बे की उम्र सिर्फ साठ साल की है। और जिस दिन इस कस्बे की पहली ईंट गड़ी, राय-परिवार की बुनियाद भी उसी दिन डाली गयी। इसलिए, राय-परिवार को बुनियादी परिवार मानना ही होगा।

पल्टू बाबू से पूछिए, विस्तारपूर्वक बतला देंगे–पनार नदी के किनारे परपट परती पर दो-चार गरुड़ जैसे लम्बे साहबों को देखकर पल्टू बाबू की पिलही चमक गयी थी। पल्टू बाबू तुरत ही जवान हुए थे, उस समय। किन्तु, साहेब-सुब्बा के डर से तो बड़े-बूढ़े भी थर-थर काँपते थे। सो, जब पल्टू बाबू ने साहबों को देखा तो घाट-घटवारी का सारा हिसाब-किताब भूल गये। पल्टू बाबू पनार नदी के बैरगाछी घाट की ठेकेदारी करते थे। आज, यह कहनेवाला कोई माई का लाल जीवित नहीं कि पल्टू बाबू ठेकेदार की चौकीदारी करते थे! पचासी वर्ष के बूढ़े पल्टू बाबू!

पल्टू बाबू के कथनानुसार उन तीन-चार साहबों में थे, लट्टू बाबू

के पिता कमल बाबू। कमल बाबू ओवरसियर। दूसरे सभी साहब चले गये, कमल बाबू का खेमा गड़ गया, घाट के पास ही। कमल बाबू से ही मालूम हुआ था कि यहाँ सब-डिविज़न शहर बसेगा। अदालत, फ़ौजदारी, जेल—सबकुछ एक साल में बनकर तैयार हो जायेगा।

पल्टू बाबू स्वीकार करते हैं—कमल बाबू की कृपा से ही पल्टूसिंह पल्टू बाबू हुए। जब तक जीवित रहे, कमल बाबू ने पल्टू बाबू को पुत्र से बढ़कर प्यार किया।...उनके वकील-पुत्र विमलेन्दु बाबू ने पल्टू बाबू का सदा तिरस्कार किया। किन्तु, कमल बाबू की विधवा को पल्टू बाबू ने ही अंत में काशीधाम पहुँचाया था। वर्तमान कर्त्ता लट्टू बाबू तो उनका सदा अनुगत रहा है। पाँचवें दर्जे में दो बार फेल करने के बाद लट्टू ने पल्टू बाबू से कहा था—काका! आमि पोड़बो ना।...बाबा को कह दीजिए।

लट्टू बाबू दिन-रात पल्टू बाबू के साथ ही रहता। कमल बाबू कहते, ओ छेले पाल्टू का! इतना ही नहीं, पल्टू नाम से ताल-मेल रखकर ही लट्टू का नाम रखा गया था। पल्टू बाबू अपने धर्म-पुत्र लट्टू बाबू को अपनी पद्धति से शिक्षा देने लगे। तीन-चार महीने में ही लट्टू तीन भाषाओं का पंडित हो गया—मैथिली, भोजपुरी और खड़ीबोली (जिसे बैरगाछी की भाषा में कचराही बोली कहा जाता था, उन दिनों)। छः महीने में ही, सहसा गालियाँ देना सीख गया। लट्टू बाबू बैरगाछी घाट का उस्ताद व चर्खी-बंसी खेलनेवाला हो गया। डेढ़ मन की मछली को पानी में हँसा-खिलाकर फँसाया था—तीन घंटे में। अपने से भी ज्यादे वजन की मछली को किनारे लाकर लट्टू बाबू ने पुकारा था—काका, दौड़ो!

बंसी के बाद शतरंज! पल्टू बाबू का दावा है, बैरगाछी में उसके शिष्य लट्टू-जैसा शतरंज-खिलाड़ी दूसरा पैदा ही नहीं हुआ, आज तक। बैरगाछी के दानों क्लबों के पुराने मेम्बर गवाह हैं कि तेरह साल की उम्र में लट्टू ने तत्कालीन मुंसिफ मौलाना फ़रज़ंद अली को फीलचक्कर में डाल दिया तो मुंसिफ साहब ने सफेद दाढ़ी पर हाथ फेरते हुए ताज्जुब जाहिर किया था—लाहौल बिला! यह छोकरा तो जादूगर है।

और, आज बैरगाछी ही नहीं—सारे जिले के लोग मानने लगे हैं, लट्टू बाबू जादू जानते हैं। पन्द्रह साल वकालत करने के बाद विमलेन्दु राय ने जितना जमा किया, उतने रुपयों का कारबार लट्टू बाबू एक सप्ताह में ही करते-कराते हैं। लट्टू बाबू ब्रह्मवाक्य मानते हैं, पल्टू बाबू की बात को।

पल्टू बाबू—अंत में पोपली मुसकराहट के साथ अपनी बात समाप्त करेंगे—अरे, नहीं, नहीं। सब उसकी किस्मत है। मैं या कोई क्या कर देगा?

पल्टू बाबू आज भी नियमपूर्वक साढ़े चार बजे भोर में फूलबागान के फाटक पर आवाज देते हैं—लट्टू रे! लट्टू बाबू को नित्य वायु-सेवन के लिए साथ ले जाते हैं। लौटकर, थोड़ी देर फूलबागान में बैठते हैं, चाय पीते हैं। फिर, दस बजने के पहले घर लौट जाते हैं।

राय-परिवार के बच्चे पल्टू बाबू को गुरूदादू कहते हैं। परिवार का प्रत्येक सदस्य गुरूदादू को प्रसन्न रखना चाहता है।

पल्टू बाबू जानते थे, लट्टू आज पूर्णिया गया है। इसलिए साढ़े चार बजे भोर में उन्होंने फाटक पर आवाज नहीं दी। लौटकर आये तो रामटहल ने बतलाया—मालकिन के सिर में रात-भर दर्द रहा। तिस पर रात में ही ठाकुर का दर्द शुरू हुआ। रात-भर सेवा करती रही, बाबाजी का इसलिए और भी जी खराब हो गया। बिजू-दी पढ़ाने गयी है। खोका बाबू लोग ऊपर हैं।

रामटहल, गुरूदादू का विशेष संवाददाता है। रमा, छबि और कना ने बारी-बारी से गुरूदादू को नमस्कार किया। गुरूदादू आज दालान के बरामदे पर नहीं, ऊपर के कमरे में बैठेंगे। सीढ़ी पर लाठी टेककर चलते हुए पल्टू बाबू ने पूछा—बिजू किसको पढ़ाने जाती है, सुबह-सुबह?

छबि ने कहा—पढ़ाने नहीं, पढ़ने जाती है। हिन्दी मास्टरमशाई के घर।

—भालो, भालो!...पल्टू बाबू ने पूछा—तुम लोगों की परीक्षा कब से है?

घंटा ने खिड़की से देखा, गुरूदादू इधर ही आ रहे हैं। उसने फेला

को ठेलकर जगाते हुए कहा–उठ, फेला। गुरूदादू!

किंतु, गुरूदादू फेला के जगने के पहले ही कमरे में पहुँच गये। फेला हड़बड़ाकर उठा और उसकी नयी किताब बिछावन से नीचे, ठीक पल्टू बाबू के पैरों के पास गिर पड़ी। गुरूदादू के पैर पर पड़ी, नंगी औरत की खुली तसवीर! पचासी वर्ष के वृद्ध की आँखें मानो चौंधिया गयीं। यह क्या?

लट्टू बाबू के एकमात्र पुत्र फेला को गुरूदादू बहुत स्नेह करते हैं। घंटा, लट्टू बाबू के स्वर्गीय मँझले भाई का बेटा है। राय-परिवार का सबसे नालायक लड़का समझा जाता है घंटा। घंटा के पिता के बारे में भी यही कहते हैं, लोग। जासूसी उपन्यास और शराब की आदत ने निर्मलेन्दु राय को निकम्मा बना दिया था। इतना ही नहीं, उसकी पत्नी को गले में रस्सी लगाकर, आत्म-हत्या करने के बाद ही मुक्ति मिली। घंटा की छोटी बहन छबि पन्द्रह साल की है। रमा और कना, लट्टू बाबू की युग्म-कन्याएँ हैं। दोनों एक ही साथ बीमार पड़ती हैं।

रमा, छबि और कना के मुँह से एक साथ निकला–छिः!

पल्टू बाबू ने फेला की ओर देखा, चेहरा लाल हो गया है। ओठ काँप रहे हैं। घंटा मौका पाकर बाहर निकलना चाहता था कि गुरूदादू की गंभीर वाणी सुनाई पड़ी–घंटा! भागोगे नहीं!!

घंटा को लगा, ट्रेजरी के घड़ियाल में असमय ही एक बज गया। पल्टू बाबू ने झुककर किताब उठा ली–यह किसकी किताब है?...छबि, तुम लोग नीचे जाओ! बोलो, यह तो फेला की किताब नहीं हो सकती।

घंटा ने तुतलाकर जवाब दिया–मैं क्या जानूँ?

–तब कौन जानेगा? तुम नहीं जानोगे भला?

कहते हुए पल्टू बाबू ने अजीब आवाज निकाली मुँह से–आवारा कोथाकार?

बिजली लौट आयी है। गुरूदादू किताब लेकर चले। बिजली ने हँसकर नमस्कार किया। गुरूदादू की गंभीरता तनिक दूर हुई। बिजली ने पूछा–दादू! कौन-सी किताब है?

गुरूदादू ने उत्तेजित होकर कहा–किताब?...यह किताब है? इसको

तुम किताब कहती हो? उन्होंने किताब खोलकर दिखलाना चाहा। फिर, रुक गये। बड़बड़ाते हुए नीचे उतरे—आवे लट्टू, पूर्नियाँ से। मैं पूछूँगा कि यह कौन-सी विद्या पढ़ रहे हैं उनके गुणधर लड़के!...यह घंटा पुराना पाजी है। फेला को बरबाद करके छोड़ेगा।

हठात् घंटा दौड़ता हुआ सीढ़ी से नीचे उतरा और गुरूदादू के हाथ से किताब छीनते हुए बोला—इस विद्या का नाम आप नहीं जानते। नाम सुनने पर मतलब गुल्ला भी नहीं समझिएगा। फ्रायड साहब का नाम सुना है? आस-पास उपस्थित सभी के मुँह से एक साथ निकला—घंटा!

किन्तु, घंटा चुप नहीं रह सकता आज। वह आवेश में कहता गया—गुरूदादू ना कच्चू दादू!...सभी बात में नाम घुसाने आता है। मैं ऐसी बेइज्जती नहीं बर्दाश्त कर सकता। चाहे इस घर में रहूँ या निकाल दिया जाऊँ।

बिजली लपककर आगे बढ़ गयी और उसने घंटा का हाथ पकड़कर धमकी दी—घंटा! की हच्छे?...पागल हो गये हो?

पल्टू बाबू अवाक् होकर देखते रहे। घंटा की आँखों से चिनगारी निकल रही थी। गृहस्वामिनी हो-हल्ला सुनकर बाहर आयी। घंटा ने अँगरेजी में गाली दी—ओल्ड डौग! आमाके आवारा कहनेवाला हुआ है।

बिजली ने घंटा को फिर धमकी दी—घंटा! चलो ऊपर। किन्तु, घंटा इस तरह ऊपर नहीं जाना चाहता। वह आज कुछ कर गुजरना चाहता है। बिजली उसको दोनों हाथों से अँकबार में भर सीढ़ी पर चढ़ाने लगी। उसने धीरे-से अनुनय के स्वर में कहा—लक्खी भाई! माथा ठांडा कोरो।

घंटा का माथा ठंडा नहीं हुआ। उसने बिजली से स्पष्ट शब्दों में कहा—तुम लोगों के कारण, हम लोग कहीं मुँह दिखाने के काबिल नहीं रह गये। क्या होगा इस घर में रहकर? इस घर का असल मालिक है—पलटू सिंह। इस घर का देवता है—छोगमल। इस घर का पूज्य है...।

न जाने क्यों, बिजली हँस पड़ी। वह बोली—इस घर का पूज्य है—

घंटा बाबू! बिजली सबकुछ समझती है। अचानक माथा गर्म क्यों हुआ है घंटा का? घंटा की माँ को भी यह रोग था। छबि बहुत शांत लड़की है। किन्तु अचानक माथा गर्म होने पर वह भी कुछ से कुछ कर बैठती है। लट्टू बाबू ने दोनों का नाम रखा है–पागला-पागली।

बिजली ने बहुत देर तक, मीठी-मीठी बातें करके, घंटा को चाय पिलायी। घंटा ने चाय में चुस्की लेकर कहा–बिजू-दी, तुम नहीं जानतीं। लज्जा और अपमान से...!

बिजली ने इस बार फिर डाँटते हुए कहा–चुप रह! लज्जा और अपमान की ऐसी क्या बात हुई है?...गंदी-गंदी किताबें पढ़ते समय लाज नहीं आती? गुरूदादू का अपमान किया है तुमने। जो आज तक कभी नहीं हुआ–वही तुमने किया आज।

–हाँ, जो किसी ने नहीं किया, वह मैं ही करूँगा। वह मुझे ही करना होगा।

बाहर मोटर का हॉर्न बजा। बिजली चौंकी। घंटा की आँखें फिर जल उठीं। उसने मुँह बिदकाकर कहा–जाओ, तुम्हारे देवता छोगमल भगवान आ गये!

बिजली ने उठते हुए कहा–देखो, डिरेक्टर साहब के साथ...।

घंटा ने मुँह बनाते हुए कहा–तुम निश्चिन्त रहो, खूब अच्छा व्यवहार करूँगा। तुम जाओ, जाओ...राब जहन्नुम गें जाओ। आइ डोंट केयर दिस पलटू सिंह एंड छोगमल!

छोगमल के पहले, गाड़ी से उतरा छोगमल का ड्राइवर। तब तक बिजली और छोगमल की आँखें चार हो चुकी थीं।

ड्राइवर के हाथ में नया रेडियो-सेट देखकर रमा, छबि, कना–एक ही साथ हर्ष से तालियाँ बजाकर चिल्ला उठीं–नूतन रेडियो।

गृहस्वामिनी जल्दी-जल्दी साड़ी बदलकर बाहर आयी–एसो बाबा!

छोगमल गाड़ी से नीचे पाँव नहीं रखना चाहता। लट्टू बाबू घर में नहीं हैं, पूर्णिया गये हैं–उसे मालूम है। फिर भी वह बार-बार पूछता है–बाबू बाड़ी में नहीं?

बिजली आगे बढ़कर गाड़ी के पास जाती है। अधिकारपूर्ण स्वर में कहती है–उतरिए। इसके बाद छोगमल चुपचाप गाड़ी से बाहर

निकल आता है। उसने इसके पहले बिजली के ओठों पर ऐसी मुसकराहट कभी नहीं देखी।

गृहस्वामिनी की चरणधूलि लेने के बाद छोगमल सीधे बिजली के कमरे में चला गया—ऊपर। वह आज जरा जल्दी में है। दो बजे दिन के पहले उसे पूर्णिया पहुँच जाना चाहिए। बिजली मुसकराती हुई कहती है—अभी तो आठ ही बजे हैं।

कहने का मतलब छोगमल समझता है। मतलब यह कि दोपहर के भोजन के बाद ही छुट्टी मिल सकती है।

जैनी छोगमल चुराकर मछली-मांस खाता है। रामटहल पनारघाट से भारी झोली लेकर लौटा है। एक रेहू मछली, पाँच सेर!

गृहस्वामिनी प्रायः उत्तेजित होकर चिल्लाती है—आज के मुड़िघंट होबे।

मुड़िघंट! मसालेदार चने की दाल में रेहू मछली का सिर डालकर मुड़िघंट बनाया जाता है। छोगमल को अपने हाथ से मुड़िघंट बनाकर खिलायेगी गृहस्वामिनी।

बिजली कहती है—आज काकी माँ खुद रसोईघर में गयी हैं।

नीचे, नये रेडियो-सेट की ध्वनि प्रतिध्वनित होती है—यह आकाशवाणी है। अब आप अँगरेजी में समाचार सुनेंगे।

और सब क्या हाल समाचार है?—छोगमल आराम से सोफा पर बैठते हुए पूछता है—की खबर? सब ठीक है। बिजली सामने की कुर्सी पर बैठती हुई पूछती है—यह क्या? रेडियो लाने की क्या जरूरत थी?

—जरूरत थी! छोगमल हँसकर जवाब देता है—काकी-माँ कहती थी, नाटक नहीं सुन पाती है, हा...हा...हा...ताई बलाम एक्टा लोतून रेडियो?

—रामप्रसाद! छोगमल ने ड्राइवर को पुकारा।

बिजली ने पूछा—रामप्रसाद को बुला दूँ?

छोगमल बोला—रामप्रसाद के बोलून, गाड़ी थेके आमार बाक्सा निये आसबे।

रामप्रसाद बक्स ले आया। छोगमल ने आदेश दिया—खोलो।

रामप्रसाद ने बक्स खोल दिया। छोगमल ने पुनः आदेश दिया—

तुम ज़ाओ।

रामप्रसाद चला गया।

—बिजोली...रानी! तुमी जे बोलबे, सेई होबे। सेई होबे!!...छोगमल ने बिजली के गले में एन. सी. सरकार एंड कम्पनी, कलकत्ता द्वारा निर्मित कलापूर्ण आधुनिक स्वर्णमाल्य पहनाते हुए कहा—सेई होबे।

छोगमल ने आज, पहली बार साहस करके बिजली को अचानक चूम लिया—तुम जो कहोगी वही होगा।

बिजली, छोगमल के बाहुबंधन से छिटककर अलग खड़ी हो गयी—यह आपने क्या किया?

अब छोगमल कवि हो गया। हालावादी कवि! बच्चन की 'मधुशाला' की कई सुनी हुई पंक्तियाँ उसने याद करने की चेष्टा की।—क्षण-भर तक ही खुली रहेगी इस जीवन की मधुशाला! बिजली रानी, मुझे माफ करो! मुझे माफ करो!! माफ करो!!

छोगमल के बाहुबंधन में बिजली ने फिर अपने को बँध जाने दिया।

घंटा को कथोपकथन नोट करने का अवसर मिला। 'मुझे माफ करो' के बाद करीब एक मिनट तक कोई आवाज नहीं सुनी गयी। घंटा ने खिड़की के छेद से आँखें सटाकर देखा, बिजली के विरोध के बावजूद, छोगमल के भोंडे-मोटे चुम्बनोद्धत ओठ आगे बढ़ रहे हैं...।

छोगमल ने पक्की बात की—लट्टू बाबू का टेंडर जिस तरह हो, मंजूर करवाकर दम लूँगा।

छोगमल मतवाला हो गया है, दो ही घूँट पीकर। वह बिजली की गुलामी करने को तैयार है। किन्तु, बिजली जानती है कि छोगमल अभी नशे में बड़बड़ा रहा है।

सिर्फ रेडियो ही नहीं, घंटा के लिए आग्फा कैमरा, फेला के लिए शेफर्स कलम और गृहस्वामिनी के लिए सदासुहागिन शांतिपुरी साड़ी भी ले आया है छोगमल, इस बार कलकत्ता से। बिजली के गले में नये पैटर्न की स्वर्णमाला जगमगा रही है। रामटहल को नयी धोती मिली है।...राय-परिवार में छोगमल का जय-जयकार हो रहा है।

मुड़िघंट चखकर छोगमल, गृहस्वामिनी से आँखें मिलाते हुए कहता

है–खूब भालो, काकी माँ! खूब सुन्दोर एई मुड़िघंटो! वाह!!

काकी-माँ निहाल होकर कहती है–पता नहीं, जल्दीबाजी में कैसा हुआ!

–खूब भालो! खूब भालो!!

शाम को, शहर की बंगला-कीर्तन-मंडली के मूलगैन पाँचूदास ने, पाँच ही मिनट में सारे कस्बे में बात फैला दी–पनार पुल में आठ आना लट्टू बाबू का...पास हो गया है...काम चाँदी! हरि बोल!!...कीर्तन होगा सारी रात।

पल्टू बाबू, किन्तु, इस आकस्मिक पूजा में नहीं आये। लट्टू बाबू ने रामटहल को फिर भेजा। लेकिन, पल्टू बाबू नहीं आये।

–भालो, भालो! खूब भालो!!

–हरि बोल...!

सारा फूलबागान आनन्द-विभोर है। लट्टू बाबू ने दाँव मार लिया। बहुत बड़ी मछली फँसी है।

किन्तु, इस आनन्द-उत्सव से अलग, घंटा अपने कमरे में बैठकर अपना जवाब तैयार कर रहा है। गृहकर्त्ता लट्टू बाबू ने जवाब-तलब किया है–क्यों नहीं उसको घर से निकाल दिया जाये?...शो काज!

फेला को घंटा के कमरे में अब नहीं सोने दिया जाता। घंटा के साथ लट्टू बाबू का इकलौता बेटा भी 'गुल्ला' में चला जायेगा।

घंटा पर कई अभियोग लगाये गये हैं। सबसे बड़ा अपराध, गुरूदादू का अपमान। दूसरा अभियोग–रामटहल के कथनानुसार–घंटा ने दूधवाली की बेटी के साथ भद्दी दिल्लगी की है। दूधवाली की बेटी रोती हुई घर गयी तो दूधवाली का घरवाला गुस्सा से पागल हो गया...।

घंटा सबकुछ समझता है। यह रामटहल, पलटूसिंह का आदमी है।

बात जोड़ने में उस्ताद है। लेकिन दूधवाली की बेटी सचमुच बुरा मान बैठी थी, घंटा की बात का। बात कुछ वैसी नहीं थी। घंटा उससे ससुराल के बारे में पूछना चाहता था। पर उसके मुँह से निकल गया–कहो, ससुराल का कैसा मजा...? इतनी-सी बात पर ही वह छौंड़ी रोने-चिल्लाने लगी। घंटा क्या करे? वह तो, उस लड़की में होनेवाले 'क्रमिक परिवर्तन' का ग्राफ तैयार करना चाहता था।

रामटहल आज भी बोल रहा था–दूधवाली का घरवाला हाथ में डंडा लेकर घूम रहा है कई दिनों से। उसके सिर पर खून सवार है... गरीब है तो क्या? सबकी इज्जत बराबर है। गरीब-अमीर सभी की।

घंटा मन-ही-मन सोचता है–इज्जत सबकी बराबर कैसे हो सकती है? यह दूधवाली वाला सवाल जरा कमजोर है। किन्तु, पलटूसिंह वाले सवाल के जवाब में डटकर बोलेगा। निकाल दिया जाये घर से, कुछ परवाह नहीं। वह जवाब देगा–हाँ! वह भी पलटूसिंह को गुरूदादू कहता था, श्रद्धा करता था। लेकिन, जब से उसने पलटूसिंह की हरकतों का 'वैज्ञानिक विश्लेषण' करके देखा है, उसका मन कुपित हो गया है।...–वह बुड्ढा बीमार है। उसकी इन हरकतों पर कभी किसी ने आँख-कान नहीं दिया।

यथा–(1) रमा-छबि-कना अब बड़ी हो गयी हैं। उनके अंग के गठन-गढ़न में भी अब परिवर्तन होना शुरू हो गया है। लेकिन, वह बुड्ढा अब भी उन्हें पकड़ कर अपनी दाढ़ी से गुदगुदी लगाता है–उनकी देह में। (2) नीचे, बरामदे पर 'गुरूदादू की गद्दी (आराम-कुर्सी) पिछले दस-बारह साल से एक ही जगह पर क्यों रहती है–इसका भी कारण है। थोड़ा-सा भी स्थान परिवर्तित कर दिया जाये, बुड्ढा खुद अपनी कुर्सी खिसकाकर पुरानी जगह पर ले आता है। घंटा ने परीक्षा करके देखा है। कारण? सिर्फ घंटा ही जानता है। बात यह है कि उस स्थान से बाथरूम का एक हिस्सा दिखलाई पड़ता है। सुबह-सुबह सद्यःस्नाता नारी-देह की एक झलक देखने की वासना उसकी पूरी होती है। फेला की माँ...यानी काकी माँ के हाथ का पान ही वह क्यों खाता है? बिजू-दी की पीठ पर हाथ क्यों फेरता है?

घंटा का मन तिक्त हो गया है।...पंचतिक्त!

यह पलटूसिंह, यह छोगमल और वह—वह मुरलीमनोहर मेहता! कहाँ है—मुरलीमनोहर आजकल?

घंटा विरक्त मुद्रा बनाकर न जाने क्यों रामटहल को पुकारने लगा।

—मुरलीमनोहर मेहता को आप जानते हैं? छोगमल के इस प्रश्न पर बिजली और लट्टू बाबू की आँखें चार हुईं। छोगमल बोला—यह बेटा मुरलीमनोहर, एक ही साथ सबकुछ है—कांग्रेसी भी, सोशलिस्ट भी, मजदूर-लीडर और अखबारवाला भी। साला बोलता कम है, काटता है ज्यादा। सो इसको यदि किसी तरह काबू में लाया जा सके तो... समझिए कि उत्तर-दक्खिन, पूरब-पश्चिम—सब ओर से निश्चिन्त! क्योंकि नया एस. डी. ओ. जो आ रहा है, उसके बारे में खबर मिल चुकी है कि आदमी 'खाने-पीनेवाला' है। लेकिन, कांग्रेसियों से बहुत डरता है।

लट्टू बाबू ने सारे बैरगाछी सब-डिविजन की चौहद्दी देख ली, मन के पर्दे पर।...उत्तर, नेपाल की सीमा। नेपाल की सीमा का अर्थ—नमक, कपड़ा, किरासन तेल, चीनी और सीमेंट की दसगुनी कीमत। पूरब बंगाल की सीमा। मुरलीमनोहर मेहता?...लट्टू बाबू बोले—मुरली बाबू को जानता हूँ।—भाई, उसका बाप हम लोगों का पुराना मवक्किल था। याने, भैया का मवक्किल।

लट्टू बाबू ने बिजली के चेहरे पर कुछ देख लिया। प्रसन्न हो गये, अचानक। उत्साहित होकर बोले—मुरली तो इस घर के लड़का-जैसा हो गया था।...जब वह यहाँ पढ़ता था।

छोगमल प्रायः उछल पड़ा—अच्छा? तब तो...तब तो। वह कुछ कहते-कहते रुक गया। उसने लक्ष्य किया कि बिजली आँखों से ही अपने काका को मना कर रही है। बिजली बोली—लेकिन, अब तो बड़ा आदमी हो गया है।

छोगमल ने सिगरेट सुलगाते हुए कहा—हाँ, बड़ा आदमी हो गया है। उसको छोटा बनाना होगा। इतना छोटा कि पाकेट में अँट सके।

पाकेट-गीता होती है न? वैसा ही इसको पाकेट-लीडर बनाना होगा। बिजली को छोगमल के सिगरेट की गंध बड़ी अच्छी लगती है।

लट्टू बाबू ने पासिंग-शो सुलगाते हुए सोचा—बिजली ने भौं को सिकोड़कर निरुत्साह किया है, निश्चय ही कोई कारण है। लट्टू बाबू ने जवाब दिया—बहुत कठिन काम है।

छोगमल अब झुँझलाया—कठिन काम है, मालूम है। लेकिन पत्थर को भी पीस कर आटा बनाया जा सकता है। यह तो आदमी है।... छोगमल ने जाते समय कहा—इस मुरलीमनोहर को हाथ में लाये बिना, अब 'सप्लाई' चलाना मुश्किल है। कोई उपाय करना ही होगा।

छोगमल के जाते ही बिजली और लट्टू बाबू गुप्त व्यापारिक-वार्तालाप करने के लिए बगल के कमरे में चले गये।

लट्टू बाबू समझें या न समझें—बिजली सबकुछ समझ गयी थी। छोगमल बिजली को 'कुमकी हाथी' बनाना चाहता है। वह बोली—काका यदि यह मुरलीमनोहर मेहता वही—पुराने मवक्किल का मूर्ख बेटा—मुरली है तो, सचमुच खुशी की बात है। लेकिन, तब छोगमल को 'पुल' वाले व्यापार में अपना पूरा हिस्सा छोड़ना होगा।

—ताई तो! ताई तो!! लट्टू बाबू की बाछें खिल पड़ीं। बाहर गृहस्वामिनी की खनखनाती हुई बोली सुनी गयी—दिन-भर खाना अगोरकर मैं नहीं बैठ सकती। ठाकुर! ऊपर के कमरे में दे आओ।

लट्टू बाबू ने नाक सिकोड़कर धीरे से कहा—की बोली!

बिजली ने कहा—काकी माँ! आमार मरन...शुरू हयेछे। रमा-छबि-कना ने एक ही साथ एक-दूसरे की ओर देखा। इस 'मरन' का मतलब वे समझने लगी हैं। अब, उन लोगों ने इस 'कोडवर्ड' का व्यवहार करना शुरू कर दिया है। क्योंकि 'मरन' शुरू हो गया है, उनका भी।

बिजली तीन दिनों तक पूरा विश्राम लेती है, ऐसे समय। इन दर्दनाक दिनों की कोई दवा नहीं लेडी-डॉक्टर के पास। कहती है, कलकत्ता जाकर इलाज करवाओ। बिजली ने देखा है, पूरा विश्राम लेने से तकलीफ जरा कम होती है।

बिजली लेटी हुई, मुरली को याद कर रही है...।

वही मुरली? बिजली को एक नजर देखने के लिए रोज मोड़ पर खड़ा रहता था।...झूठी बातें बनाकर गाँव से लाया हुआ सौगात पहुँचाता था। अरवा चावल, दही, घी, खजूर का गुड़, कच्चा नारियल, ऊख...।

उन दिनों बिजली फ्राक पहनती थी। सातवें दर्जे में पढ़ती थी। यह 'मरन' शुरू होते ही, फ्राक छोड़कर साड़ी पहनने लगी थी। मुरली जब आता, बिजली की ओर एकटक निहारता रहता। बिजली को याद है, पहली बार साड़ी में देखकर मुरली का मुँह अचरज से खुल गया था। मेमना-जैसा मुरली इतना बड़ा 'सिंह' हो गया है कि इलाके का सबसे बड़ा सेठ, सब-डिविजन के सबसे बड़े हाकिम भी उससे डरते हैं!

बिजली ने मुरली को पिछले आठ-दस वर्षों से नहीं देखा है।

आज काकी माँ प्रसन्न है, क्योंकि काकी माँ को सुनाकर ही बिजली से छोगमल ने कहा था–कल सुबह गाड़ी भेज दीजिएगा। हम लोग पूर्णिया जायेंगे...बंगला सिनेमा देखने। काकी माँ को दिन-रात सिनेमा दिखाया जाये, फिर भी नहीं अघायेगी, कभी।

काकी माँ बिजली के कमरे में आयी। बिजली ने पूछा–काकी माँ! तुमको मुरली की याद है?

–कौन मुरली? मवक्किल का बेटा?

–हाँ। अब वह बहुत बड़ा आदमी हो गया है।

–खूब टाका कोरेछे, बूझि?

बिजली हँसी–छोगमल से भी बड़ा! एस. डी. ओ. साहब से भी बड़ा!

काकी माँ विस्मित होकर बोली–ओ हरि! वही मुरली, जिसको हम लोगों का रामटहल डाँट देता था तो थरथरी लग जाती थी?...तोमाके किन्तु बड्डे भालो बासत, छेलेटा। सत्ती![1]

बिजली समझ गयी–काकी माँ बहुत प्रसन्न है। जब बहुत प्रसन्न होती है तो ऐसी ही हलकी-फुलकी बात करती है बिजली से।

1. लेकिन लड़का तुमको बहुत चाहता था। सच!

लेटी हुई बिजली की देह पर असामी अंडीचादर भी कितनी भली लगती है। बिजली को देखकर गृहस्वामिनी का मन, कभी-कभी न जाने कैसा-कैसा करने लगता है! बिजली को अब उन दिनों की याद आ रही है जब वह काकी माँ की छाती से सटकर सोती थी।...काकी माँ—बिजली के कमरे में दो-तीन अदृश्य व्यक्तियों की आत्माएँ चक्कर काट रही हैं। रह-रहकर मुरलीमनोहर मेहता की याद आती है।... बाबाजी बार्ली बनाकर ले आया है।

बिजली ने अपने अस्त-व्यस्त कपड़े को ठीक करने की चेष्टा नहीं की। बाबाजी के पीछे-पीछे आया रामटहल, डाक लेकर।

बिजली उठ बैठी। व्यापारिक चिट्ठियों को एक ओर करके, व्यक्तिगत पत्रों को पढ़ने लगी। एक पत्र काशी से नानी ने लिखा है। दूसरा है—एक दवा-कंपनी का। बीमारी का विस्तारपूर्वक वर्णन लिख भेजने को कहा है। सारी बातें गुप्त रखी जाती हैं—इसकी गारंटी दी है मैनेजर ने।

नानी को दस रुपये का मनीऑर्डर कल ही भेजना होगा।... बिजली बार्ली पीने लगी।

रमा-छबि-कना स्कूल से आकर हल्ला मचाने लगीं—ठाकुर! टीफीन कोथाय?[1]

रामटहल ने ऊपर की खिड़की से झाँककर कहा—दीदी डाकछे उपरे।[2]

तीनों लड़कियाँ बिजली के कमरे में आयीं।

—क्यों, आज डेढ़ बजे ही छुट्टी हो गयी?

—तीन दिन की छुट्टी है।

—काहे की छुट्टी?

—जिला कांग्रेस मीटिंग होबे, एखाने।[3]

जिला कांग्रेस कमेटी की आम बैठक होनेवाली है। स्थानीय हाई-स्कूल और कन्या विद्यालय में मेम्बरों के ठहराने का प्रबंध किया गया है।...इसीलिए छुट्टी। रमा-छबि-कना ने हँसकर कहा—आमरा बंदेमारतम् गाइबो मिटिंगे।[4]

---

1. नाश्ता कहाँ है? 2. दीदी ऊपर बुला रही है। 3. यहाँ जिला कांग्रेस की मीटिंग होगी। 4. हम मीटिंग में बन्देमारतम् गायेंगे।

पर्चा पढ़कर बिजली बोली—काकी माँ। तुम्हारा मुरली इस मीटिंग में आवेगा। इसमें नाम छपा है।

काकी माँ हँसी—मेरा मुरली? ना, तुम्हारा!

लट्टू बाबू का परिवार—बैरगाछी कस्बे का एक बदनाम-परिवार समझा जाता है। इस परिवार की बहुत-सारी सच्ची-झूठी कहानियाँ कहते-सुनते हैं लोग।...घंटा की माँ आत्महत्या करके मरी। लोगों ने कहा—एक मुसलमान मुहर्रिर के प्रेम में पड़ गयी थी...। बिजली की माँ (अर्थात वकील साहब की स्त्री) बहुत सतवती थी। लेकिन उसको बिगाड़ा खुद बिजली के बाप ने। महाराजा कुनौली का वकील बनने के लिए महाराजा के जनरल-मैनेजर को खुश करना जरूरी था।...कस्बे के सभी बंगाली अंदर-ही-अंदर राय-परिवार की छाया से दूर रहने की सलाह देते हैं, अपने लड़के-लड़कियों को।

बिजली के बारे में तो यहाँ तक बात फैल गयी थी कि वह जल्दी ही क्रिश्चियन होनेवाली है। वह किसी अँगरेज से शादी करेगी।

किन्तु, मुँह पर आज तक किसी ने निंदा नहीं की। सामाजिक उत्सव या भोज में राय-परिवार को हमेशा ऊँची जगह मिली। अब तो खैर...।

लट्टू बाबू शहर से संवाद ले आये हैं—स्वागतकारिणी के सदस्य में मेरा भी नाम है। इसलिए, मोटी रकम माँग रहे हैं, कांग्रेसवाले।... कांग्रेसवाले, माने लाल मोदियाइन का बेटा।

बिजली ने पूछा—कितना माँगते हैं?

लट्टू बाबू ने एक उँगली दिखलाकर कहा—पूरा! पूरा माने एक हजार।

बिजली बोली—सो, हम लोग देंगे। लेकिन, मंत्री को हमारे घर पर ठहराना होगा।

लट्टू बाबू विहँसकर बोले—वह कहना नहीं होगा, तुमको। मैंने यह शर्त मनवा ली है, पहले ही। मंत्री मुरलीमनोहर मेहता आमादेर एखानेई थाकबे!

बिजली मन-ही-मन हँसी—इस छोगमल को अब सर्कस के जोकर

की तरह नचाने में आनन्द आवेगा।

—इतना ही नहीं। मैंने तो कह दिया है कि दिन के खाने का पूरा प्रबंध, सभी मेम्बरों का...राय-परिवार की ओर से किया जायेगा।... अच्छा किया न?

बिजली बोली—ठीक है।

रमा-छबि-कना एक साथ मिलकर 'बंदेमातरम्' का रियाज कर रही थीं—हारमोनियम पर।

—सुखदाम्...वरदाम्...मातरम्!

घंटा घर से भाग गया—निरुद्देश्य!

फेला सदा उदास रहता है। घंटा-दा के बिना वह कैसे जी सकेगा? वह दिन-रात छिपकर रोता है, घंटा के लिए। परिवार का कोई सदस्य घंटा के पलायन को गंभीरतापूर्वक नहीं विचारता। सभी समझते हैं कि वह जायेगा कहाँ?...कलकत्ता गया होगा अपनी मौसी के घर!

फेला की देह पीली पड़ गयी, घंटा के वियोग से। उसकी ओर कौन ध्यान देता है अभी! आजकल, इस परिवार के तुच्छतम व्यक्ति के पास भी फालतू समय नहीं। सभी व्यस्त रहते हैं। लाखों का कारोबार हो रहा है...।

घंटा के बाद ही, पल्टू बाबू की अचानक काशी-यात्रा की बात सुनकर फेला के मन में हुआ—शायद, गुरूदादू खोजने निकलेंगे, घंटा-दादा को।

—बंदेमातरम्!

फेला ने अचरज से देखा—कांग्रेस-सभापति की गाड़ी से घंटा-दा भी उतरा!

मुरलीमनोहर मेहता ने हाथ जोड़कर सभी को प्रणाम किया। फिर, घंटा के कंधे पर हाथ रखकर कमरे के अंदर चला गया।

—वाह रे, घंटा-दा! वाह रे, घंटा-दा! फेला की पीली देह अचानक लाल-रक्त-कणिकाओं से भर गयी। उसका चेहरा प्रसन्नता से लाल हो गया।

मुरलीमनोहर मेहता, जिला कांग्रेस कमेटी के मन्त्री हैं। जिला कांग्रेस के सभापति जी का दाहिना हाथ ही नहीं, हाथ-पाँव–सबकुछ हैं मुरलीबाबू।

लट्टू बाबू ने जीवन में पहली बार खद्दर की धोती पहनी है। अंदर सूती गंजी है तो क्या हुआ! ऊपर कुर्ता है खादी का।

बड़े कमरे में मुरली बाबू के रहने की व्यवस्था की गयी है। देश के नेताओं की बड़ी-बड़ी तसवीरें कल ही टाँगी गयी हैं। दरवाजे और खिड़कियों पर भी खद्दर के ही पर्दे लगाये गये हैं। दो रात जगकर बिजली ने तकियों के खोल तैयार किये हैं। स्वप्नलोक की परी...'मधुर स्वप्न' का संदेश लेकर आसमान से उतर रही है!

स्वीट ड्रीम! मधुर स्वप्न! मीठे सपने!!

मुरलीमनोहर बाबू अल्पभाषी व्यक्ति हैं। चुपचाप खिड़की से बाहर की ओर देख रहे हैं।...डाकबँगले के पास वह पुराना पीपल का पेड़ आज भी है। याद आती है, इसी पीपल के पास खड़ा होकर वह बिजली के लौटने की प्रतीक्षा करता।...गर्ल्स स्कूल की घंटी बजती–टुन-टुन-टुन! छुट्टी! मुरली का कलेजा धड़कने लगता। उसका चेहरा तमतमा जाता और कान के पास गर्म खून दौड़ने लगता था।...वह! वही आ रही है। राजहंस के डैने जैसे सफेद फ्राक में...छाती से किताब चिपकाकर...धीरे-धीरे आती हुई बिजली...।

बिजली कमरे में आयी–आपनी माछ-मांस खान तो?[1] मुरली का सपना टूटा। वह बिजली की ओर देखता रहा। बिजली के पीछे आयी काकी माँ!

–केमन आजो, मुरली बाबू? मने आछे?[2]

मुरली ने उठकर काकी माँ की चरण-धूलि ली। काकी माँ निहाल हो गयी। बिजली मुसकराती रही! काकी माँ ने पूछा–माछ-मांस खाउन तो!

अब मुरली ने जवाब दिया–हाँ, काकी माँ!

उधर, रसोईघर में घंटा तूफान मचा रहा है। रामटहल और बाबाजी बौबजन झा परेशान हैं। काकी माँ बोली–बिजू! तुम मुरली

1. आप मांस-मछली खाते हैं न? 2. कैसे हो, मुरली बाबू? याद है?

बाबू को चाय पिलाओ। मैं उधर देखूँ, घंटा क्यों...?

घंटा क्यों नहीं आसमान सिर पर उठाये? यदि वह घर से भागकर पूर्णिया नहीं जाता और मुरली बाबू से अपने घर पर ठहरने का अनुरोध नहीं करता तो, एक हजार रुपया चंदा देने पर भी मुरली बाबू 'फूलबागान' में नहीं ठहरते। उन्होंने, लाल मोदियाइन के लड़के को स्पष्ट शब्दों में कह दिया था–नहीं, चौधरीजी। मैं कांग्रेस के दफ्तर में अथवा डाकबँगले में ठहरूँगा, सभापतिजी के साथ!

ठीक, उसी समय घंटा उपस्थित हुआ। मुरली बाबू पहचान ही नहीं सके। परितोष?...घंटा ने अपना डाकनाम धीरे से बताया–आमि घंटा!

बस, इसके बाद मुरली बाबू का विचार बदल गया। बोले–तुम मुझे लेने आये हो? तब तो मैं फूलबागान में ही ठहरूँगा।

मुरली बाबू–इलाके का सबसे बड़ा सेठ जिनसे एक मिनट बात करने के लिए पाँच दिन चक्कर मारता है। जिनकी बातों पर जिला-मैजिस्ट्रेट से लेकर सबडिविजनल ऑफिसर तक आँख मूँदकर अमल करते हैं। जिनको अपने घर पर ठहराने के लिए लट्टू बाबू एक हजार की थैली भेंट कर सकते हैं। वैसे मुरली बाबू ने घंटा को दो दिनों तक अपने साथ रखा। बहुत-सारी पुराने बातें पूछते रहे, खोद-खोदकर। बिजली की शादी नहीं हुई है?

घंटा ने एक ही गोली से तीन-चार शिकार किया है। पलटूसिंह, छोगमल, काका बाबू, बिजू-दी–सबको उसने चमत्कृत कर दिया है। घंटा को पूरा भरोसा है...बीजमंत्र आज भी काम कर रहा है। मुरली बाबू को मोहने का मंत्र...बीजमंत्र–बिजू-दी। बिजली!!

घंटा को कितना प्यार करते थे मुरली बाबू!...लेमनचूस, मिठाई, गुड्डी, पतंग–रोज कुछ-न-कुछ खरीद देते थे। घंटा सब समझता था। वह पूछता–बिजू-दी को लेमनचूस दूँगा?–बिजू-दी लेमनचूस भालोबासे! उसे जिस चीज की जरूरत होती, बिजू-दी के भालोबासा[1] के नाम पर वसूल लेता, मुरली बाबू से। किन्तु, काका और काकी माँ ने झुँझलाकर एक दिन कहा था–एतना काहे आता है हमार घर में? उसी दिन से

1. प्यार।

मुरली बाबू ने इस मुहल्ले में आना छोड़ दिया था...।–एक्टू मात्र 'भाव' हयेछिलो बिजूदीर संगे। बिजू-दी ने एकाध दिन बातें भी की थीं, मुरली बाबू से।...और यह रामटहल! इसी ने सबसे भद्दी भाषा में कहा था–एई ठाम कि सोहल सूथनी लेब?

आज घंटा से सभी बात करना चाहते हैं–काका बाबू ने दो-तीन बार प्यार से पूछा–की रे घंटा?...मुरली बाबू दोनों दिन यहीं रहेंगे तो?

पलटूसिंह भी उससे बात करना चाहता है। लेकिन, घंटा निगाह उठाकर भी उसकी ओर नहीं देखता।

बिजली आयी–घंटा! तुम रसोईघर में क्या रहे हो? मुरली-दा के पास जाओ।

घंटा बोला–तुम क्यों नहीं बैठतीं, मुरली-दा के पास? मैं यहाँ बाबाजी के सिर पर सवार नहीं रहूँगा तो इसका 'हरमुनियाँ रोग'...।

बिजली ठठाकर हँस पड़ी। बाबाजी भी हँसा। रामटहल ने आकर कहा–घंटा बाबू!...बुला रहे हैं।

घंटा के साथ बिजली भी गयी। स्टोर-रूम के पास बिजली ने घंटा से पूछा, धीरे से–क्यों, घंटा, मुरली बाबू को पुरानी बात...माने...काकी या काका की बातें अब भी याद हैं?

घंटा ने दुष्टता-भरी हँसी हँसकर कहा–पुरानी बातों में एक ही बात याद है मुरली बाबू को।...समझती हो, बिजू-दी? बस एक ही बात।

बिजली लजा गयी।

मधुर स्वप्न! मीठे सपने!!

रमा-छबि-कना ने मुरली बाबू को घेर लिया है।

मुरली बाबू हँस-हँसकर बातें कर रहे हैं, तीनों से।

रामटहल ने, मद्धिम आवाज़ में बाबाजी से कहा–अंयइयौ बाबाजी! ई तअ बड़का जमाई बाबू सन आदर सत्कार...? बाबाजी ने आँख टीपकर मना कर दिया।

दोनों एक-दूसरे को देखकर मंद-मंद मुसकराते रहे। बिजली ने आज खद्दर की साड़ी निकालकर पहनी है।

...छोगमल आवेगा?

एम. एम. एम.?

'हाई क्लास लंच' खाने के बाद मुरलीमनोहर मेहता ने थोड़ा विश्राम भी नहीं किया।...फुर्सत कहाँ? आध घंटे के बाद ही कार्यकारिणी कमेटी की बैठक शुरू होनेवाली है। गृहस्वामिनी स्वयं पान की तश्तरी लेकर सामने खड़ी हुई। कना मुस्कराती हुई आती है–क्या बात है, कना? कना ने मुरली बाबू के हाथ में खद्दर का एक रूमाल देकर कहा–बिजू-दी ने दिया है।

एम. एम. एम.?

मुरलीमनोहर मेहता? उसने अपने नाम के मोनोग्राम की ऐसी कल्पना भी नहीं की थी।

–बिजू कोथाय?[1] गृहस्वामिनी ने कहा–और दिते लज्जा होलो बुझि![2]...लाज किस बात की? मुरली बाबू कुछ कहने ही वाले थे कि बिजली ने कमरे में प्रवेश किया। बोली–किसको किसकी लाज? काके कर लज्जा? गृहस्वामिनी बोली–मैंने समझा तुम लाज से लुकी-छिपी हो।...क्या तुम भी जाओगी मीटिंग में? अभी ही?

मुरली बाबू बोले–सार्वजनिक सभा तो साढ़े चार बजे दिन में होगी। जाकर क्या करेंगी?

मुरली बाबू का मुँह लाल हो गया है, बिजली को देखकर। सुबह देखा, एक रूप–चाय के समय। दोपहर को लंच के समय–इस रूप की दूसरी छवि। और अभी, यह भोजनोपरांत इलायची चबाती हुई, खद्दर की छपी साड़ी और छींट की अँगिया में–यह तीसरी बिजली।

बिजली कुर्सी पर बैठ गयी–काकी माँ, तुम भी चलोगी तो सार्वजनिक सभा में?

–केन? आमार की हयेछे जे जाबो ना?[3] बिजली हँसी–मैं किन्तु, नहीं जा सकूँगी। मैनेजिंग-डिरेक्टर आवेंगे–तीसरे पहरी।

–कौन?...मुरली बाबू के मुँह से निकला–कौन मैनेजिंग-डिरेक्टर?

–हम लोगों की सीमेंट सप्लाइंग कम्पनी के मैनेजिंग-डिरेक्टर, मिस्टर सी. मल।

---

1. बिजू कहाँ है? 2. उसे देने में शायद शरमा रही है। 3. क्यों, मुझे क्या हुआ कि न जाऊँ?

गृहस्वामिनी बोली—कौन मल बललि?...उसका नाम तो छोगमल है।...सीमोल आबार की? मुरली बाबू गंभीर हो गये, अचानक। फिर पूछा—क्या मैनेजिंग-डिरेक्टर को कांग्रेस की मीटिंग में जाने देने में... कोई एतराज है?

—एतराज आबार की? गृहस्वामिनी बोली—छोगमल को क्यों एतराज होगा भला!

बिजली ने कहा—एतराज नहीं। ठीक उसी समय से मैनेजिंग-कमेटी की भी मंथली मीटिंग है। इसलिए।

गृहस्वामिनी कुछ बोलना चाहती थी कि बाहर मोटर का हॉर्न बजा।...छोगमल आ गया? रामटहल दौड़कर नीचे गया। बिजली ने पुकारकर कहा—ऑफिस-घर खोल दो, रामटहल!

मोटर का दरवाजा खुला, फिर बंद हुआ। बिजली माफी माँगकर चली गयी—एक्सक्यूज़ मी!

मुरलीमनोहर मेहता ने अपनी घड़ी देखी। ठीक इसी समय जिला कांग्रेस की जीप भी आ लगी, फूलबागान के फाटक पर...कों-कों-कों!!

मुरली बाबू फाटक से बाहर निकले, तो बिजली के साथ छोगमल भी श्रद्धापूर्ण प्रणाम करने आया, फाटक पर। बिजली ने परिचय करवाते हुए कहा—यही हैं हमारे मिस्टर सी. मल।

मुरलीमनोहर मेहता ने फाटक से बाहर होते ही अपना सार्वजनिक रूप धारण कर लिया है। जिला कांग्रेस के मंत्री-पद के अनुकूल आचरण और व्यवहार में कोई चूक नहीं होनी चाहिए। छोगमल के बनावटी विनय और मुसकराहट का जवाब कृत्रिम हँसी हँसकर दिया। बोले—भला इनको नहीं पहचानूँगा? इनकी कृपा रही है, मुझ पर।

जिला कांग्रेस की जीप का ड्राइवर चतुर है। कहाँ और किस समय किस अंदाज़ से गाड़ी को रोकना और चलाना चाहिए, वह जानता है। कांग्रेस की जीप चली गयी! छोगमल ने बिजली से पूछा—क्या बोले? क्या रही है? कृपा क्या?

बिजली बोली—आपने कोई उपकार किया होगा जिसको...।

—उपकार? छोगमल ने मुँह चटपटाया।

—उपकार तो नहीं। तब, राइस-मिल में एक बार गैरकानूनी

हड़ताल करवाने आये थे तो कुछ...। लेकिन...क्यों ऐसा बोले?

बिजली पलक मारते ही समझ गयी, छोगमल घबरा गया है किसी कारणवश। उसने बड़ी चतुराई से विस्मय प्रकट किया—ओ! यह बात है। तभी जब-जब आपका नाम लिया, गुस्सा से आँखें लाल हो गयीं।

छोगमल ने स्वीकार किया—हाँ, तुमसे झूठ क्या कहूँ? राह चलते ठुकाई इनकी हम लोगों ने ही करवायी थी!

बिजली द्विगुन विस्मित हुई—अच्छा?...तब तो...भूले नहीं होंगे?

अचानक छोगमल की छाती के अंदर कुछ दपदपाकर जल उठा। उसने सिर को एक झटका देकर अपनी घबराहट दूर की। फिर सुगंधित सिगरेट सुलगाकर बोला—मिस बिजोली! मनी इज़ द मेन थिंग...रुपया से आजकल सबकुछ भुलाया जा सकता है, याद दिलाया जा सकता है। तुम यदि सहायता करो तो तुम्हारे सामने इसको भालू की तरह नाच नचा दूँ। बस, तुम्हारी और लट्टू बाबू की सहायता चाहिए।

बिजली ने अपनी माला की ओर देखा। छोगमल कुछ कहते समय लाकेट पर आँख गड़ा देता है, तब...। वह एक फाइल को खोलती हुई बोली—सार्वजनिक सभा में आने के लिए कह गये हैं।

छोगमल ने उत्साहित होकर कहा—जरूर जाओ!

—मैंने तो कह दिया है, मीटिंग है।

—कहना, मीटिंग पोस्टपोन्ड...।

गृहस्वामिनी ने पुकारकर कहा—बिजू! रामटहल को भेजकर दुकान से कुछ मँगा लेना बाजार से, जलखाबार। आज उस बेला सभी मीटिंग देखने माँगेगा। ठाकुर, रामटहल सबाई जाबे!

घंटा, इस ऑफिसघर के दूसरे कमरे में न जाने कब से सोया था। आज उसने ऐन मौके पर खाँस दिया। छोगमल के चुम्बनोद्यत मुँह की तनी हुई कमानी उतर गयी, तुरत।—उधर कौन है?

बिजली बोली—घंटा आज यहीं सोया है खाकर!...और, आप दया करके इस हार और रेडियो का बिल भेज दीजिएगा।

—क्यों! क्यों!! छोगमल का चेहरा और भी उतर गया। क्या बात हुई?

घंटा को आज फिर एक नाटकीय कांड करने का अवसर मिला है। प्रकट होकर बोला—और कैमरे का भी! फिर कमरे से बाहर निकलते हुए बंगला में कह गया अपनी बिजू-दी से—आर तोमार मैनेजिंग-डिरेक्टर साहब के बोलो, माछ खाबार अन्य कोन जन्य जाइगा तल्लास करेन हेन।

बिजली ने झिड़की दी—जा-जा!!

छोगमल अब सचमुच भयभीत हो गया। बार-बार पूछता रहा—क्या हुआ? क्या हुआ? क्या बात है...?

बिजली ने लजाते हुए धीरे से कहा—बात यह है कि...उस दिन घंटा ने देख लिया था।...और आप घंटा के स्वभाव से परिचित ही हैं।

छोगमल समझ गया, आज इस फूलबागान का प्रत्येक प्राणी आदर्श और नैतिकता की बोली बोलेगा। वह चुपचाप बिजली को देखता रहा, अपलक। बिजली ने दो-तीन व्यापारिक पत्रों पर दस्तखत करवा लिया और बोली—आप सभा में नहीं जाइएगा?

छोगमल ने सिर हिलाकर कहा—नहीं।...उसने अपने ड्राइवर को पुकारकर कहा—गाड़ी ले आओ।

लट्टू बाबू लौट आये हैं। छोगमल को देखते ही समझ गये लट्टू बाबू, निश्चय किसी चीज का भाव 'डाउन' हुआ है, कहीं। उन्होंने पूछा—सेठजी सभा में न चलिएगा?

सेठ छोगमल की गाड़ी चली गयी।

मुरलीमनोहर मेहता जब भाषण देने के लिए मंच पर खड़े हुए तो कुछ देर तक उनकी आँखें किसी को खोजती रहीं—महिलाओं की मंडली में।

—प्यारे भाइयो तथा बहनो!

बिजली पर नजर पड़ी! मुरली बाबू मूड में आ गये। पूरे नब्बे मिनट तक धाराप्रवाह बोलते रहे। ऐसा पुरजोर और सारगर्भित भाषण इसके पहले कभी नहीं दिया।...सभापतिजी गद्‌गद होकर बोले—अब

क्या बोलना बाकी है जो मैं बोलूँ?

सभा खत्म होने के बाद मुरलीबाबू ने सभापतिजी से लट्टू बाबू तथा परिवार के अन्य लोगों का परिचय करवाते हुए कहा—इस कस्बे का एकमात्र पोलिटिकल परिवार है।

रात में, सभापतिजी ने अन्य सदस्यों के साथ फूलबागान में ही भोजन किया। रात में ही, बातचीत के सिलसिले में यह तय हो गया कि बिजली कांग्रेस कमेटी के महिला-विभाग का भार अपने ऊपर लेगी।...लट्टू बाबू जीवन में पहली बार चौअनियाँ सदस्य हुए—कांग्रेस के। मुरली बाबू को रात-भर नींद नहीं आयी।

सोने के पहले बिजली पानी पिलाने के लिए आयी थी। हाथ से गिलास लेते समय बिजली की उँगलियों का स्पर्श, खुले-बिखरे बाल... आँखों की मूक भाषा, भीनी-भीनी खुशबू रजनीगंधा की, करवट ले-लेकर रात कटी, मुरली बाबू की।

आकाश में भोर का तारा झिलमिला उठा। मुरली बाबू उठ बैठे। कमरे से बाहर निकलते ही बिजली की छाया पर नजर पड़ी।...बिजली क्यों खड़ी है? क्या उसे भी रात में नींद नहीं आयी? मुरली बाबू ने साहस से काम लिया। छत पर चहलकदमी करते हुए, बिजली के पास पहुँचे। बिजली चौंकी—अरे, आप!!

—क्यों, नींद नहीं आयी?

भुरकुवा तारा[1] की रोशनी में बिजली की मुसकराहट स्पष्ट नहीं दिखलाई पड़ी। बिजली बोली—चाय तैयार करके ले आऊँ?

मुरलीमनोहर मेहता को अभी कुछ नहीं चाहिए। उन्होंने कहा—अभी नहीं। मैं आपसे एक बात पूछना चाहता हूँ। मुझे भी रात नींद नहीं आयी है।

बिजली ने अपनी बोली में नींद की खुमारी मिलाकर कहा—आप मुझे 'आप' क्यों कहते हैं?

मुरलीमनोहर प्रसन्नचित्त होकर कहने लगा—और आप भी मुझे

1. शुक्र तारा।

आप मत कहिए!

बिजली लजा गयी। नीचे रामटहल ने मगन होकर प्रातः की कड़ी उठायी।

मुरली बाबू को अपने कमरे में ले गयी बिजली।

—कहिए, क्या पूछ रहे थे?

—पहले यह बताओ कि छोगमल सेठ से व्यापारिक संबंध कैसे हुआ लट्टू बाबू का?

बिजली स्टोव जलाकर चाय बनाती रही और मुरलीमनोहर मेहता छोगमल सेठ की नीचता-भरी कहानियाँ सुनाते रहे।

चाय की प्याली हाथ में देते हुए बिजली ने सारी बातों का एक ही जवाब दिया—बिज़नेस इज़ बिज़नेस।

—लेकिन, तुमको इस बिज़नेस में क्यों डाल रखा है, लट्टू बाबू ने?

—मुझे किसी ने डाला नहीं है।

—सुना है कभी, इलाके के लोग कैसी-कैसी बातें करते हैं, इस बिज़नेस को लेकर?

—सुना नहीं है कभी। लेकिन, अंदाज कर सकती हूँ।

—तब फिर?

बिजली ने कोई जवाब नहीं दिया। उसने एक लम्बी साँस ली—लाचारी और मजबूरी की साँस। मुरलीमनोहर मेहता ने लक्ष्य किया, बिजली उदास हो गयी है अचानक!

उन्होंने बिजली का हाथ पकड़कर कहा—बिजली, तुम मुझे वचन दो! छोगमल के व्यापार से तुम अपने को...।

बिजली ने हाथ नहीं छुड़ाया। बोली—मुरली बाबू, यह कैसे हो सकता है?

—हो सकता है।

—असम्भव!

—बिजली...!

—कहो।...चुप क्यों हो गये? क्या बात है?

—बिजली...बिजली...बिजू...बि...!!

बिजली मुरलीमनोहर का हाथ छुड़ाकर, धीरे से खड़ी हो गयी–मुरली, मैं लोहा-सीमेंट और पत्थर का कारबार करती हूँ।...और कोई व्यापार नहीं जानती।

मुरली ने उसे फिर बैठाया, अपने सामने कुर्सी पर। साहस करके उसने कहा–मुझे लोहा और सीमेंट ही समझो।

बिजली को हँसी आ गयी। एम.एम.एम.!!

घंटा की बात ही ठीक निकली! उसने फेला से कहा था–मुरली बाबू का 'फूलबागान' में आकर ठहरना छोगमल को बुरा लगेगा। उसके दिल में ईर्ष्या की आग दपदपाकर जल उठेगी। तब देखना, कैसा तमाशा लगेगा!

फेला की कापुरुषता से नाराज होकर घंटा ने उससे बोलना बंद कर दिया था। फेला रोज घंटा से बात करना चाहता। लेकिन, घंटा मुँह गंभीर बनाकर दूसरी ओर देखने लगता।

फेला ने इधर कई दिनों से लगातार चेष्टा करके घंटा को मना लिया है। बहुत दिनों के बाद घंटा अपना–'शास्त्र' सुना रहा है, फेला को। उसने अपनी बात को जारी रखते हुए कहा–अब उस दिन की बात ही लो। जब तक बिजू-दी सभा में नहीं आयी थीं, मुरली बाबू का मुँह चटपटाता रहा...इधर-उधर देखते रहे चौंक-चौंककर। और ज्योंही बिजू-दी पर नजर पड़ी कि एकदम बदल गया चेहरा।...मैंने पूरे दो घंटे तक अध्ययन किया। सच कहता हूँ, फेला भाषण देने के समय मुरली बाबू की आँखें बिजू-दी की आँखों से बँधी हुई रहीं लगातार।... इसको क्या कहते हैं, जानते हो? इसको कहते हैं–दृष्टि-भोग!

फेला को ऐसी बातों में रस नहीं मिलता है, अब। घंटा की कई बातों को उसने काटने की कोशिश की, किन्तु घंटा ने उसे बोलने का मौका ही नहीं दिया। फिर भी, फेला ने अनुनय किया–घंटा-दा, अपने घर के लोगों के बारे में...माँ-बहन के बारे में?

–तुम मूरख हो। यौन-विज्ञान का मूल दर्शन कहता है, हम लोग सभी जानवर हैं...।

बिजली घंटा को खोजती आयी—एइजे घंटा!...मुरली बाबू की चिट्ठी आयी है! तुमको याद किया है।

घंटा ने कहा—मेरी बात ठीक निकली न? मैंने कहा था न, मुरली बाबू पहुँचते ही पत्र देंगे।

इतना कहने के बाद घंटा कीर्तन की एक कड़ी गाने लगा—भालो कोरे बेंधेछी, बंधुआ के प्रेमेर बाँधने बेंधेछो... ।[1] बिजली ने घंटा के सिर के बालों को पकड़कर, ताज पर ही हिलाते हुए कहा—तोमार मतन बांदर के बेंधेई[2] हाहा, हाहा...!!

बिजली इतना जी खोल कभी नहीं हँसी। सभी अवाक् हो गये। गृहस्वामिनी ने रामटहल से पूछा—के हाँसछे रे?[3]

रामटहल बोला—बिजू-दी!

गृहस्वामिनी बड़बड़ायी—तीन दिन से मुँह लटकाकर सोयी थी। आज हँसती है हठात्...?

रामटहल बोला—कोनो चिठी एसेछे एखन। डाक लेकर गया तो सोयी हुई थी।

गृहस्वामिनी और रामटहल ने एक-दूसरे को देखा।

—हाहा...हाहा!!

सचमुच, बिजली को कुछ हो गया है। एक नयी अनुभूति—नया-जैसा सबकुछ लग रहा है। किसी के नाम में भी इतना जादू हो सकता है, बिजली को नहीं मालूम था।...वह घंटा से एकांत में बहुत सारी बातें करना चाहती है। वह अब सीमेंट और लोहे से समय बचाकर कविता की किताब पढ़ना चाहती थी। वह घंटा से कोई ऐसी किताब माँगना चाहती है जिसमें...पुरुष...पुरुष...पुरुष...मुरली... मुरली...!! घंटा उससे दो-तीन साल छोटा है। पिछले कई वर्षों से बिजली ने घंटा से जी खोलकर कोई बात नहीं की। इसके पहले, दोनों को एक-दूसरे का इतना खयाल था, दोनों में इतना मेल था कि रामटहल ने पल्टू बाबू से जाकर कहा था—बड़े घिनौने होते हैं, ये लोग?...

---

1. बन्दी को अच्छी तरह प्रेम के बन्धन में बाँधा है। 2. तुझ-से बंदर को बाँधकर। 3. कौन हँस रहा है?

घिना देलक।

फेला को माँ ने नीचे बुलाया—आकर मेरी एक चिट्ठी लिख दे।

फेला जब नीचे गया तो दोनों जी खोलकर हँसने लगे। घंटा ने कहा—ओ बाबा! मुरली बाबू के लेमनचूस का प्रभाव इतने दिनों के बाद पड़ा है!

बिजली ने जवाब दिया—तुम्हारा मुरली-दा मूर्ख है। महामूर्ख!! घंटा बोला—क्यों, प्रीत की रीति जाने ना!

—एकदम नहीं जानता।

—तुमी जानो?

—ना! तुम्हारी किताब कहाँ है?

घंटा ने निकालकर दिया—'यौवन पथे'।

बिजली अपने कमरे में लेटी, चुपचाप अपनी तसवीर बना रही है, अपने मानसपट पर! कांग्रेस कमेटी के महिला-विभाग की इंचार्ज—बिजली?...देशनायिका बिजली—...हजारों-हजार जनता के सामने खड़ी होकर भाषण दे रही है।...वह, हजारों-हजार जनता को जिधर चाहती है, मोड़ देती है।...वह देश की दुर्दशा पर रोती है तो सब रो देते हैं, और जब हँसती है तो सब हँस पड़ते हैं।...हजारों-हजार जनता, हजारों- हजार मुरलीमनोहर के मुखड़े...।

लट्टू बाबू एक बार फिर आश्वस्त होना चाहते हैं... कांग्रेस का सक्रिय सदस्य होकर बिजली-सीमेंट सप्लाइंग कंपनी के उद्देश्यों की ही पूर्ति करेगी तो?—ओ! बिजली!

बिजली हड़बड़ाकर उठ बैठी। लट्टू बाबू के हाथ में दैनिक समाचारपत्र को देखकर उसे तनिक अचरज हुआ। काका को देश-विदेश की खबर जानने की कौन-सी आवश्यकता पड़ गयी?

लट्टू बाबू ने हँसते हुए कहा—तोमार नाम बेरिये छे, कागजे।[1]... जिला कांग्रेस कमेटी में एक महिला विभाग खोला गया है, जिसकी संयोजना सुश्री बिजली राय कर रही हैं!

आज की डाक से ही मुरली बाबू की चिट्ठी आयी है—ग्रामवासिनी दुखी माँ-बहनों को देखकर तुम्हारी याद आती है। क्या तुम इन

1. अखबार में तुम्हारा नाम छपा है।

दुखिनियों की पुकार सुनकर अपने को उनकी सेवा के लिए उत्सर्ग नहीं कर सकतीं...?

बिजली के सिर पर मुरलीमनोहर की महानता का जादू चढ़ गया है। मुरली बाबू की चिट्ठी रोज आती है। बिजली रोज एक-न-एक गलती कर बैठती है। गृहस्वामिनी बीच-बीच में व्यंग्य-बाण छोड़ती है–इतना क्यों है? हर बात की एक सीमा होती है।

लट्टू बाबू ने टटोलकर देखा–बिजली-सीमेंट सप्लाइंग कंपनी के भविष्य को उज्ज्वलतर करने के लिए ही देश-सेवा का व्रत ले रही है। यही चाहिए। उन्होंने उत्फुल्ल होकर कहा–ना! एकटा जीप ना किनले तोमार काज भालो कोरे होबे ना।[1] कल ही बात करूँगा।

बिजली अब अपने को जीप पर सवार देखती है। मुरली दूर देहातों की अली-गली में अलख जगाता फिर रहा है। वह उसको खोजने निकली है। जन-जन से वह मुरली के बारे में पूछती है। ग्राम से ग्रामांतर, सारे प्रांतर में उसकी जीप गुर्राती हुई दौड़ रही है।...सामने झंडा लहरा रहा है!!...महात्मा गांधी की जय।

–कौन है?

रामटहल ने कहा–दु-तीन तो कंगरेसिया भोलंटियर एसेछे। बोलछे, बिजली दीदी के बोलाओ।

बिजली डरकर बाहर आयी। तीन-चार ग्रामीण कार्यकर्ता कंधे पर झोली-झंडा लेकर आगे बढ़ आये–जय हिंद!...मायजी! हमारे इलाका में एक भी कुआँ नहीं है किसी हरिजन-टोली में। दर्खास्त लिख दीजिए, डिस्टीबोट के चेयरमैन के पास।

बिजली दर्खास्त लिखने लगी। काम करने का यह आनंद, काम का यह स्वाद भी नया है। लगता है, अपने परिवार का कोई आवश्यक और करनीय काम वह कर रही है। ये लोग मुरली के लोग, मेरे अपने लोग!!

अंदर हवेली में रमा-छबि-कलना के साथ गृहस्वामिनी भी हँस रही है। रमा-छबि-कना बारी-बारी से अभिनय करके दिखला रही हैं, देहाती उजड्डों के बीच में बिजू-दी किस तरह बैठी है?...किस तरह मुँह बाकर

1. एक जीप खरीदे बगैर तुम्हारा काम अच्छी तरह न चलेगा।

वे बिजू-दी की ओर देख रहे हैं? गृहस्वामिनी कहती है—अभी क्या हुआ है? देखना, दुनिया-भर के छोटे लोगों का अड्डा होगा यह फूलबागान...जत सब हाड़ी-मूची-डोम। सब आसबे!!

बिजली ने देहाती कार्यकर्ताओं को भर-पेट खिला-पिलाकर विदा किया। अंदर आते ही गृहस्वामिनी ने टोका—तोमार ससुरबाड़िर लोक सब चले गैछे?...ससुराल के लोग?

बिजली लजा गयी। रामटहल हँसते हुए कहता है—अपने हाथ से जूठा पत्ता उठाया है, दीदी ने।

बाबाजी ने कहा—दीदी!...चौकाघर में किसी दिन खिलाने की कृपा नै करब! हाथ जोड़े छी!

बिजली चुपचाप मुसकराती हुई चली गयी।...मुरली ने बुरी तरह झकझोर दिया है उसको।...एक शांत सरोवर के जल को मानो उसने मथ दिया है—हिलोर-हिलकोरा हिल्लोल...कलकल सुर में जल बजता है...।

बिजली की आँखों से न जाने क्यों आँसू टपकने लगे। उसका मन एक अज्ञात वेदना से कातर हो गया!...वह इतना स्खलित क्यों हो रही है? क्यों...क्यों...मुरली क्यों आया लौटकर, फिर उसके जीवन में?

घंटा को मानो स्वर्ग मिल गया। बिजली की नम आँखों को देखकर उसे अपने शास्त्र के अनेक वचन याद हो आये।

—बिजू-दी! तुमी कांदछिले?[1]

—दुत पागला! रोऊँगी क्यों?

—मुरली बाबू की कसम?

—तुमी एबार भालो कोरे मार खाबे।[2]

—उसके बाद लेमनचूस भी खाऊँगा।

घंटा विस्मय से आँखें विस्फारित करके बिजली के आरक्त गालों को देखता है।...तमतमाया हुआ चेहरा ऐसा कभी नहीं देखा बिजू-दी का।...वह बिजू-दी के चेहरे का—ताप जानना चाहता है। वह, वह कैसे छुए बिजू-दी के मुखड़े को?

1. तुम रो रही थीं? 2. इस बार तुम अच्छी तरह मार खाओगे।

घंटा ने पूछा—किताबें पढ़ रही हो तो, बिजू-दी?

बिजली बोली—हाँ, गुरु महाराज!

—तब, गुरु महाराज की एक बात मानोगी? बोलो? बिजू-दी! अपनी कोई बात मुझसे छिपाओगी तो नहीं? मेरा बड़ा उपकार होगा... दुहाई!

बिजली आँख मूँदकर पड़ी रही।

घंटा ने पास जाकर कहा—बिजू-दी!

बिजली लेटी रही। घंटा ने देह पर हाथ रखकर हिलाया—क्या हुआ?

घंटा अब बिजली के पास बैठ गया सटकर—बिजू-दी, सुनो! उठो न!!...क्या हुआ? कितना गर्म है तुम्हारी देह?

नीचे छोगमल की गाड़ी का हॉर्न बजा! बिजली उठ बैठी। घंटा ने कहा—नहीं। तुम नहीं जाओगी नीचे। मैं जा रहा हूँ।

बिजली ने उठकर कपड़े को ठीक किया। बोली—पड़ेछी मोगलेर हाथे, खाना केते होबे साथे।

छोगमल नहीं, छोगमल का ड्राइवर आया है।

आज छोगमलजी के घर पर अष्टयाम संकीर्तन है।...गृहस्वामिनी और बिजली को...परिवार-भर के लोगों को लेने के लिए भेजा है।

गृहस्वामिनी सदा तैयार रहती हैं, जहाँ कहीं भी इस फूलबागान से बाहर जाने को। किन्तु बिजली और घंटा?

घंटा कहता है—खबरदार बिजू-दी!

बिजली चुपचाप मुरली के प्रतिनिधि घंटा की ओर देखती रहती है। घंटा के स्वर में मुरली का शासन?

वह फूट पड़ी—घंटा रे! एक बार तोमार मुरली-दा के डाक।[1] मैं अब नहीं सह सकती।

घंटा ने झिड़की दी—इतनी किताबें पढ़कर भी तुम इस तरह भावुक हो रही हो?

1. एक बार अपने मुरली-दा को बुला दो।

छोटा-सा कस्बा बैरगाछी—कुंतलकुमारी के आते ही एक बार डोल गया, मानो घर-घर में कुंतलकुमारी की चर्चा हो रही है, तीन दिनों से। है तो छोटा-सा कस्बा। लेकिन, सब मिलाकर बारह बाजार और कम-से-कम तीस टोले तो जरूर हैं। डेढ़-दो माइल लम्बा-चौड़ा कस्बा अब हर रोज बढ़ता ही जा रहा है—उत्तर-दक्खिन, पश्चिम-पूरब नहीं। पूरब परमान नदी है और उसके चाल-चलन की एक अलग और लम्बी...टेढ़ी-मेढ़ी धारा जैसी कहानी है। औरत की बात!...यह परमानो नदी!

लक्ष्मी बाजार, दुर्गा बाजार, काली बाजार, ताजिया बाजार, कचहरी बाजार, कलाली बाजार—बारह बाजार! राय-परिवार का फूलबागान दुर्गा बाजार में है। काली बाजार की बात यदि कोई दुर्गा बाजार में पहुँचाना चाहे और साइकिल से भागता हुआ भी जाये, तो पन्द्रह मिनट जरूर लग जायेंगे। ताजिया बाजार सबसे दच्छिन छोर पर है। ताजिया बाजार के मस्जिद से अज़ान की आवाज...सबसे उत्तर—दुर्गा बाजार में सिर्फ भोर को सुनी जाती है। पुरवा अथवा पछिया हवा जिस दिन बहती है, उस दिन भी।

भोलासाही बाबू की तेतरी बेटी कुंतलकुमारी के बैरगाछी आने की खबर सारे कस्बे में, कस्बे के हर बाजार और टोले में दस मिनट के अंदर ही फैल गयी।...आजकल बैरगाछी कोर्ट रेलवे-स्टेशन से भगवानपुर तक 'बस' चलने लगी है। पहला बस-पड़ाव काली बाजार के नुक्कड़ पर है, दूसरा ठहराव दुर्गा बाजार में—लम्बा ठाकुर के 'पवित्र मैथिल होटल' के सामने। सबसे पूरब कलाली बाजार के पास दस मिनट रुकती भी है। बैरगाछी कोर्ट स्टेशन से लेकर कचहरी तक की घटनाओं की खबर डेढ़ घंटे में भगवानपुर पहुँच जाती है।

भगवानपुर के हीरालाल महाजन के 'मशहूर आवारा' पुत्र गोधनलाल को कुंतलकुमारी के बैरगाछी आने की सूचना डेढ़ घंटे के बाद ही मिल गयी। बिना ताड़ी पिये ही उस पर नशा सवार हो गया! कुंतलकुमारी!

बैरगाछी कस्बे के मशहूर रईस और फौजदारी के नामी वकील बाबू भोलासहाय की बेटी कुंतलकुमारी! सात साल के बाद आयी है।

कुंतलकुमारी नहीं, कलकत्ते में जाकर नाम भी बदल गया है—कुमारी कुंतला सहाय!

बाबू भोलासहाय पर माँ षष्ठी की असीम कृपा है। नौ पुत्र-रत्न और मणिमालाओं-जैसी चार पुत्रियाँ। सबसे बड़ी उमा, तब श्यामा, अभिरामा और कुंतलकुमारी। उमा, श्यामा और अभिरामा के ब्याह में बाबू भोलासहाय को भगवानपुर के हीरालाल महाजन की सहायता लेनी पड़ी थी—कड़े सूद पर। वकील साहब प्रसिद्ध पुजारी हैं, इसलिए भगवान उन पर प्रसन्न रहते हैं। नहीं तो तीस हजार की डिग्री अदा करने में उनकी सारी चल और अचल सम्पत्ति बिक जाती। हीरालाल महाजन का बेटा गोधनलाल बैरगाछी हाई स्कूल में पढ़ता था। वकील साहब की किशोरी कन्या कुंतलकुमारी ने ठीक 'तेतरी बेटी' के योग्य काम करके दिखला दिया, सन् उन्नीस सौ चालीस ईस्वी की पहली जनवरी को...!

गोधनलाल ने प्रतिज्ञा की थी, कुंतलकुमारी की देह छूकर—ठीक पहली जनवरी को डिग्री के सारे कागजात ही क्यों, यदि कुंतलकुमारी कहे तो अपने बाप के कागजों की गठरी ही लाकर उसके हाथ पर रख देगा, गोधनलाल!...डिग्री के कागजात के साथ दस-भर सोने की एक हँसली भी गोधनलाल ने दिया था, ठीक पहली जनवरी को।

हीरालाल महाजन को, पन्द्रह जनवरी को, जब यह बात मालूम हुई तो उसने सदा के लिए आँखें मूँद लीं, छाती पर मुक्का मारकर—पुकारकर—जा रे साला हीरालाल!...गोधनलाल अपने बाप का श्राद्ध करके बैरगाछी लौटा, पढ़ने के लिए नहीं...।

लेकिन, शीरी-फरहाद नाटक देखते-देखते वह खुद फरहाद हो गया। कुंतलकुमारी का बाप भी निठुर निकला। वह दुर्गा बाजार की हर गली में चक्कर लगाता, लम्बाठाकुर के होटल में बैठकर नौटंकी की किताब गा-गाकर पढ़ता और कुंतलकुमारी की एक झलक देखने के लिए तरसता रहता। और, एक दिन उसने सुना कि कुंतलकुमारी अपने बड़े भाई के पास चली गयी है। सेन्ट्रल एक्साइज़ का बड़ा हाकिम है, कुंतलकुमारी का बड़ा भाई।...गोधनलाल कुंतलकुमारी का नाम रटता हुआ कलकत्ता भी पहुँचा था। लेकिन, हबड़ा पुल पार करने

के बाद ही उसकी सारी पूँजी लुट गयी थी...।

हीरालाल महाजन के एकमात्र पुत्र गोधनलाल ने बदला लेने के लिए सबकुछ किया। लेकिन किस्मत बाबू भोलासहाय वकील की! बड़े जमाता, पुलिस के सुपरिन्टेंडेंट होकर पूर्णिया आये। और गोधनलाल बी. एल. केस के चपेट में आ गया!...चपेट से निकलने के लिए फिर बीस हजार की थैली चढ़ा आया बाबू भोलासहाय वकील साहब के पैरों पर। इसके बाद गोधनलाल ने मिर्जाभाग गाँव की एक तवायफ का नथिया उतारकर अपना हौसला पूरा किया। उसने अपनी तवायफ का नाम रखा–कुंतलकुमारी! लोग कहते–नकली कुंतलकुमारी!

असल कुंतलकुमारी, कलकत्ता में रहकर कुमारी कुंतला हो गयी है। गोधनलाल ने सामने भरी हुई लबनी को देखा। ताड़ी नहीं पीयेगा अभी। वह बैरगाछी जायेगा। कलकत्ते की मिस कुंतला को एक नजर देखने के लिए।...उसको दस-ग्यारह साल पहले की घटनाएँ याद आ रही हैं...एक-एक कर। गोधन! आई लव यू!!...लव का माने जानते हो?

मिस कुंतला सहाय बी. ए.!

बैथून कॉलेज की बनायी हुई...मेड इन बैथून...कुंतला। जब बंगला बोलने लगती है, बंगालियों का मुँह छोटा हो जाता है। खाँटी बंगला बोलती है।...हाई स्कूल के हिन्दी शिक्षक की पाँच पंक्तियों की एक चिट्ठी में आठ गलतियाँ निकाल बैठी!...शहर के सबसे प्रवीण पंडित बालमुकुंद उपाध्याय से तिलक कें 'गीतारहस्य' पर घंटों बातचीत करती रही...!

साधारण-जन उसको अचरज-भरी निगाह से देखते। गरदन तक कटे-छँटे केश-गुच्छ, नाखूनी-नीली कोर की सफेद साड़ी, सफेद अँगिया का नीला मुख-बंद।...बड़ी-बड़ी आँखों में बंगला पानी...!

वह जिस बाजार से गुजरती, लोगों की आँखें टँग जातीं।

काली बाजार के पुराने खलीफा फत्तू ने अपनी पुरानी सिंगर मशीन को फटफटाते हुए कहा–सो सब तो ठीक है। लेकिन इस बनबिलार के मुँह से बचे तो समझूँ जक्का-कबूतर!

–कौन बनबिलार?

—नया एस. डी. ओ.!

—सच?

—सच नहीं तो क्या? एक महीना भी नहीं हुआ है, अभी। तीन-तीन कबूतरी को चट कर गया।

फत्तू खलीफा ने अपनी पीली-गंदी आँखों को नचाकर धीरे से कहा—पहला नम्बर—लट्टू बाबू की कबूतरी। दूसरा नंबर—अस्पताल की डाक्टरनी; और तीसरी है—मार्टिनगंज की स्कूलमास्टरनी!

फुलगेंदा साह हलवाई ने जलेबी को चासनी की कड़ाही में डालते हुए कहा—एकदम बाग बाजार का रसगुल्ला ही समझो! कलकत्ता का पानी अंग-अंग से चूता है।

फुलगेंदा साह के काने कारीगर ने कहा—सुनते हैं, अँगरेजी डानस करती है। गेंद खेलती है।...फुटगोल?

साह के अधपगले नौकर ने, काठ के कठौते में आँटा गूँधते हुए दुहराया—फुटगोल-हेंच्-बूटगोल-हेंच्-गो-गोल-हेंच।

आध सेर पूड़ी, जलेबी माँगकर पत्ता फैलाये बैठे हुए गाहक ने पूछा—डानस करती है तो दारू भी पीती होगी? ब्रांडिल!

फत्तू खलीफा का बेटा एक आने का उधार निमकी लेकर, खाता हुआ बोला—भगवानपुर के महाजन के बेटे को आज देखा था।

फुलगेंदा साह ने अँगूठा दिखलाकर कहा—अब कच्चू लेगा आकर? सामने खड़ा भी हो सकेगा, रू-ब-रू हो सकेगा गोधनलाल?

लेकिन, यूनुस मियाँ कोचवान रास्ता रोककर खड़ा हो गया, कुंतलकुमारी का। ठीक फुलगेंदा साह हलवाई की दुकान के सामने से गुजर रही थी। यूनुस मियाँ ने सलाम किया—सलाम, तेतरी दीदी!

—अरे, यूनुस? तुम...जिंदा हो? क्या करते हो आजकल? कुंतला की बोली में शहद है! बूढ़े यूनुस के झुर्रीदार चेहरे पर एक चमक दौड़ गयी...तेतरी दीदी का दिल जरा भी नहीं बदला है!

यूनुस मियाँ चार साल पहले तक बाबू भोलासहाय की कोचवानी करता था। सुराज के दूसरे ही दिन वकील साहब ने जवाब दे दिया।... बाइस साल की नौकरी!

कुंतला ने यूनुस से उसके लड़के-बच्चों के बारे में पूछा। फिर

बोली—एक दिन आऊँगी तुम्हारे यहाँ!

—सच? आप आइएगा? यूनुस मियाँ ने अचरज से पूछा। कुंतला, फुलगेंदा साह की दुकान के पास रुककर नया साइन-बोर्ड पढ़ने लगी—असली फुलगेंदा साह की यही दोकान है! खाँटी घी...! कुंतला ने मुसकराकर पूछा—क्यों साहजी! हींग की कचौड़ी अब बनती है या नहीं?

फुलगेंदा साह तोंद के ऊपर खिसकी हुई गंजी को खींचकर ठीक करने लगा। कोई जवाब नहीं दे सका वह। काने कारीगर ने कहा—बनती है। कितना चाहिए?

कुंतला कह गयी—लौटकर आती हूँ। पाव-भर कचौड़ी निकालके रखना, गरम-गरम!

साह के अधपगले नौकर को फिर एक टेक मिली—गरम-गरम हेंचू, नरम-नरम-हेंचू, चरम-चरम-हेंचू...।

फुलगेंदा साह के मुँह में इतनी देर के बाद बोली लौट आयी, मानो। अचरज-भरी साँस छोड़ता हुआ बोला—हः, मुझे तो ऐसा लगा कि बायस्कोप देख रहा हूँ। ठीक बायस्कोप में पाट करनेवाली जैसी है न?

काने कारीगर ने नकियाई हुई आवाज में भेद की बात की—इस बनबिलार के मुँह से बचे तब न रामझें!

'इस बिलार' अथवा 'बनबिलार' का अर्थ हुआ—नया एस. डी. ओ.। सारे कस्बे में यह बात फैल चुकी है कि नये एस. डी. ओ. को दो चीजें बहुत पसंद हैं—मुर्गी और मागी।...मागी माने औरत!...कपड़ा, चीनी, तेल, सीमेंट—जिस चीज का लाइसेंस लेना हो मुर्गी और मागी को सामने कर दो। काम पक्का! लट्टू बाबू के घर से डाली जा चुकी है!...खाना-पीना-गाना-बजाना भी हुआ है। अब, भोलासाही बाबू की किस्मत देखिए! क्या होता है?...नजर पर तो चढ़ चुकी होगी, जरूर!

फुलगेंदा साह ने अपने काने कारीगर को डाँटकर कहा—बेसी मेचर-मेचर मत बको! छोटी-सी जीभ से लम्बी-लम्बी बात निकालते हो?...बात उड़कर किसी तरह पहुँच गयी तो हवा खाने चले जाओगे।

फुलगेंदा साह की आँखों के सामने कुंतला की छाया रह-रहकर

खड़ी हो जाती है। बायस्कोप में पाट करनेवालियों-जैसी कुंतलकुमारी को देख!...कमानीवाली अँगिया पहनती है, शायद! कुंतल जब लौटी, तो फुलगेंदा साह ने हाथ जोड़कर दाँत निपोड़ दिया—बहुत दिन के बाद हे-हे-हे हींग की कचौड़ी की याद है आपको? धनभाग, धनभाग!!

—बिजू!

—के रे? कुंतल...कब आयी?

कुंतल ने झाँककर देखा, कमरे में एक खद्दरपोश आदमी बैठा है। बिजली बोली—अंदर आओ! इन्हें नहीं पहचानती? मुरलीमनोहर बाबू!

कुंतला अचरज से मुँह बनाकर बोली—ओ! राम-बनवास में सीता बननेवाला मुरली।

—नमस्कार! आइए। मुरलीमनोहर मेहता कुर्सी छोड़कर उठे।

कुंतला लजायी नहीं। नमस्कार का जवाब देकर बोली—तो, आजकल कौन नाटक होता है?

मुरलीमनोहर मेहता को कुंतला का यह सवाल अच्छा नहीं लगा। बात करने का उचित ढंग भी नहीं जानती है!

बिजली बोली—आजकल श्रीमान् कांग्रेस के सेक्रेटरी का पार्ट कर रहे हैं।

बिजली की बात पर मुरली बाबू ठठाकर हँसे।...इसको कहते हैं अनुचित बात को उचित ढंग से काटने की कला!

कुंतला ने बिजली से कहा—चलो अंदर! जरा काकी माँ को प्रणाम कर लूँ।...कुंतला और बिजली अन्दर चली गयीं!

कुंतला को देखते ही काकी माँ हँस पड़ी—ऐसो! ऐसो![1]...कैसी हो? कब आयी? सुना है, तुम्हारे साथ कोई संन्यासी-ठाकुर आया है?

कुंतला हँसकर बोली—काकी माँ! इतने सवालों का जवाब देने के पहले एक कप चाय चाहिए।

चाय पीकर कुंतला बोली—बिजू! सुना है, तुमने कांग्रेस ज्वायन किया है?...ठीक है, अब तो जेल जाने का डर नहीं है।

1. आओ, आओ!

बिजली बोली—मैं तो बी. ए., एम. ए. पास नहीं कि वकालत पढ़ने की बात सोचूँगी।

कुंतला समझ गयी, उसके लॉ पढ़ने की बात यहाँ तक पहुँच गयी है। काकी माँ बार-बार कहती है—तुमी फिलिमें केन जाउना?[1] अभिनेत्री!

फुलगेंदा साह की तरह काकी माँ भी कुंतला की देह में फिल्म-एक्ट्रेस के सभी लक्षण देखती है।...कुंतलबाला।

रामटहल ने आकर सलाम किया—दीदीजी! बैठक-घर में एगो संन्यासी ऐल छथिन।...तेतरी दीदी को खोज रहे हैं।

बैरगाछी कस्बे में कुंतला को सभी 'तेतरी' के नाम से जानते हैं। कुंतला चौंक पड़ी। बिजली ने धीमे स्वर में पूछा—यह संन्यासी कौन है, कुंतल?

कुंतला तनिक अप्रतिभ हुई—संन्यासी नहीं। वह अनूप है।

बैठक-घर में मुरलीमनोहर मेहता और अनूपचंद्र सान्याल, एक-दूसरे से परिचित हो चुके थे। एक कुर्सी पर सफेद खादीपोश, दूसरी पर गेरुआधारी!

कुंतला के साथ काकी माँ और बिजली भी आयीं। काकी माँ संन्यासी ठाकुर की चरण-धूलि लेने लगी तो कुंतला चिल्ला उठी—काकी माँ! क्या कर रही हैं!

अनूप ने हाथ जोड़कर क्षमा-याचना की—आमार कापड़...मेरे कपड़े को देखकर लोग संन्यासी समझ लेते हैं, मुझे।

मुरली बाबू ने पूछा—तो, आप संन्यासी नहीं हैं?

अनूप ने कहा—ऊपर से तो जरूर हूँ। अंदर अभी नहीं रँगा है।

कुंतला बोली—तुम किसी दिन चार-सौ-बीस दफा में पकड़े जाओगे, अनूप।...ठग-संन्यासी। रंगीन ही पहनना हो तो, कोकटी खादी पहनो!

बिजली तभी से अनूप की आँखों में कुछ ढूँढ़ रही है!

अनूपचन्द्र सान्याल। कुंतला के बड़े भाई के मित्र का छोटा भाई। कुंतला के साथ आया है! संन्यासी नहीं है, फिर भी गेरुआ वस्त्र ही

1. तुम फिल्म में क्यों नहीं जाती?

पहनता है।

कुंतला बोली–इस रँगे-सियार की लम्बी कहानी है, काकी माँ! किसी दिन आकर सुना जाऊँगी। आज चलती हूँ।

अनूप ने कहा–लेकिन, लेकिन मैं नहीं चलती हूँ।

सभी ठठाकर हँस पड़े, अनूप की बात पर। रमा-छबि-कना हिंदी पढ़ती हैं। कना बोली–बेटाछेले स्त्रीलिंग?

कुंतला ने कना को प्यार करते हुए कहा–ठीक कहा तुमने। बेटाछेले स्त्रीलिंग!

मुरलीमनोहर मेहता ने एस. डी. ओ. के चपरासी को पुर्जा देते हुए कहा–साहब को बोलो, जल्दी मिलना है।

एस. डी. ओ. साहब ने मुरली बाबू का स्वागत किया–आइए, मेहताजी! कहिए, क्या समाचार है?

मेहताजी नाप-तोलकर मुसकराते हैं, हाकिमों से बात करते समय। बोले–मैं यह पूछने आया हूँ कि आखिर सब-डिविजनल विजिलेंस कमेटी की मीटिंग कभी बुलायी जायेगी, अथवा इसी तरह अंधाधुंध कारबार चलता रहेगा?

इतने बड़े वाक्य को सुन एस. डी. ओ. साहब समझ गये कि मुरलीमनोहर मेहता क्या चाहते हैं। उन्होंने कहा–देखिए, मुरली बाबू! जब तक विजिलेंस कमेटी में दो और मेम्बर नहीं लिये जाते हैं, मीटिंग बुलानी बेकार है।

–मेम्बर कब तक चुना जायेगा?

–आप ही दो नाम दीजिए न।

मुरली बाबू ने अपने पोर्टफोलियो-बैग से एक डायरी निकाली। फिर दो नाम बोले–एक, रामजतनसिंघ का नाम लिख लें और दूसरा जमील उद्दीन!

डायरी देख कर ही दूसरा प्रश्न किया मेहताजी ने–कौआखोम गाँव के केस का क्या हुआ?

एस. डी. ओ. साहब ने कहा—पुलिस-रिपोर्ट नहीं आया है अभी।

—पुलिस-रिपोर्ट? लेकिन, थाना कांग्रेस के सभापति ने तो रिपोर्ट दे दिया है।

एस. डी. ओ. साहब मन-ही-मन कुढ़ रहे थे। इस बार बोले—मेहता जी, हम लोग तो पुलिस-रिपोर्ट को ही...।

—लेकिन, पुलिस झूठा रिपोर्ट देगी।

एस. डी. ओ. साहब कुछ क्षण तक मुरलीमनोहर मेहता का मुँह देखते रहे। क्या समझता है यह आदमी अपने को? एस. डी. ओ. साहब के अंदर का हाकिम जगा। बोले—देखिए, मेहताजी! कोर्ट की बात मैं अपने डेरे पर नहीं करता। पुलिस के रिपोर्ट को झूठ कहने से तो नहीं होता है। साबित करना होगा कि पुलिस...।

मुरली बाबू गरम हो गये। बोले—मुझे सबकुछ मालूम है! इस मुकदमे को सभी मिलकर खराब करना चाहते हैं, पुलिस और हाकिम सभी।

मुरली बाबू को तुरंत पूर्णिया जाना है। उठते हुए बोले—लेकिन, इसका नतीजा क्या होगा सो समझ लीजिए!

एस. डी. ओ. साहब ने मेहताजी को समझाने की चेष्टा की। किन्तु, मुरली बाबू का बिगड़ा हुआ मूड सही नहीं हुआ।

एस. डी. ओ. साहब मन-ही-मन कांग्रेस और कांग्रेसियों को कोसने लगे—गवर्नर समझते हैं सभी अपने को। यह राज नहीं चलेगा! उन्होंने कुढ़ते हुए मन को शांत किया—देखना है इस मेहता को!

कौआखोम में किसान-संघर्ष छिड़ा हुआ है। बकाश्त आंदोलन। जमींदार और किसानों के बीच में हैं कांग्रेस और सोशलिस्ट पार्टीवाले।...पुलिसवाले अभी तक किसानों के पक्ष में हैं। जमींदार मुरलीमनोहर बाबू का संबंधी है। उनका कहना है, इसलिए सोशलिस्टों ने यह बखेड़ा खड़ा किया है।

कोर्ट में दोनों ओर से मुकदमे दायर किये जा रहे हैं, रोज। घटनास्थल पर दफा 144 लगा हुआ है। पुलिस तैनात है। इसके

बावजूद रोज कोई-न-कोई घटना घट ही जाती है। कल किसानों की ओर से मुकदमा किया गया है—जमींदार ने खलिहान में आग लगवा दी है। कलक्टर साहब को तार दिया गया है।

आज जमींदार का कारिंदा आया है—जमींदार साहब का सरेसा घोड़ा चुरा ले गया है...।

उत्तर सीमा पर, कालेबाजारियों ने मिलकर मार्केटिंग इंस्पेक्टर को पीटा है। मार्टिनगंज अस्पताल में पड़ा हुआ है बेचारा इंस्पेक्टर।

भंगहा के महाजन के घर डकैती हो गयी है। बंदूकवाले डकैत थे!

कदवा गाँव में दंगा होते-होते रह गया। गोकशी करने जा रहे थे वहाँ के मुसलमान।

एस. डी. ओ. साहब इन सारी घटनाओं को एक सूत्र में बाँधते हैं। सोच रहे हैं—यह राज कैसे चलेगा!

अभी-अभी खबर मिली है—कौआखोम में पुलिस को गोली चलानी पड़ी। एस. डी. ओ. साहब बिना कुछ खाये-पीये दौड़े, आर्म्ड फोर्स लेकर डी. एस. पी. साहब भी चले।

कचहरी के मैदान में भीड़ लगी है।

कौआखोम में पुलिस ने नहीं, जमींदार ने गोली चलायी है। तीन आदमी मरे हैं, पाँच घायल है।

कौआखोम का जमींदार फरार है।

पल्टू बाबू तीर्थ-यात्रा से लौटे हैं, तीन महीने के बाद...!

रामटहल दौड़कर, फूलबागान के फाटक के पास जाता है चरणधूलि लेने के लिए, पल्टू बाबू के हाथ से गठरी-गंगाजल आदि लेकर अंदर हवेली की ओर चला जाता है—गुरूदादू आवि गेल![1]

रमा-छबि-कना दौड़ी आती हैं, एकसाथ। गुरूदादू बारी-बारी से सबकी ठुड्डी पकड़कर प्यार करते हैं। गृहस्वामिनी नमस्कार करती है। बिजली हँसती आती है—ताइतो गुरूदादू जे![2]

1. गुरूदादू आ गये। 2. हाँ, गुरूदादू ही तो हैं।

विभिन्न तीर्थ-क्षेत्रों से लाये हुए प्रसाद-फूलों की गठरी खुली। सभी ने श्रद्धा से सिर झुकाया। लेकिन घंटा नहीं आया।

फेला जब हाथ में एक पेड़ा और गले में एक रंगीन बद्धी लटकाये कमरे में आया, तो घंटा हँस पड़ा ठठाकर–तू सब दिन रह जायेगा इसी तरह गोरू!

फेला बोला–घंटा-दा! गुरूदादू आपको खोज रहे थे। पूछ रहे थे बार-बार–घंटा घर में नहीं है क्या? घंटा अभी कार्यव्यस्त है। किसी की बात सुनने की छुट्टी कहाँ...?

खड़ाऊँ की खटपटाहट सुनकर दोनों सतर्क हुए। गुरूदादू!

घंटा सिर झुकाकर खड़ा रहा, मूर्तिवत्। गुरूदादू की मंद मुसकराहट को चुपचाप परखता रहा। पल्टू बाबू थोड़ी देर तक चुप रहे। फिर बोले–बैठो।

घंटा ने मन-ही-मन महसूस किया–इस बुड्ढे के पास बस यही एक बड़ा अस्त्र है। मुसकराहट! न जाने क्या हुआ कि घंटा अचानक तेजी से उठा और पल्टू बाबू की चरण-धूलि लेने के लिए झुक गया।...फेला अवाक् खड़ा रहा।

पल्टू बाबू ने फेला से कहा–बिजू के ऊपर डाक![1] बिजली के साथ गृहस्वामिनी भी आती है। रामटहल भी। पल्टू बाबू हँस रहे हैं। कहते हैं–इसके सिर पर सवार भूत उतर गया। लेकिन इसकी 'दुष्टुमी' नहीं जायेगी। इतनी भक्ति अचानक इसके दिल में उमड़ी है, गुरूदादू के लिए...।

घंटा कहता है–गुरूदादू! आपको मालूम है, बिजू-दी कांग्रेस की प्रसिद्ध लीडरानी हो गयी है? लीडरानी! सभी हँस पड़े। किन्तु, बिजली नहीं हँसी।

पल्टू बाबू बोले–मुझे सब मालूम है। अखबार में खबर छपती है इसकी, अब तो!

इस प्रसन्न वातावरण में, लट्टू बाबू मुँह लटकाये आते हैं। पल्टू बाबू की चरण-धूलि लेने के बाद उसने दुसंवाद सुनाया–छोगमल ने साझीदारी तोड़ दी। दीवानी कचहरी में नालिश भी किया है, न जाने

1. बिजू को ऊपर बुला।

कितने का?...काका! ए माछ तो पालालो!![1]

—पालिये जाबे कोथाय![2] पल्टू बाबू का चेहरा तमतमा गया। उन्होंने कहा—छोगमल के सिर पर भी भूत सवार हुआ है।

पल्टू बाबू ने गंभीर स्वर में पूछा—नये एस. डी. ओ. साहब से मिले हो? कैसा आदमी है?

—खूब खाने-पीनेवाला।

पल्टू बाबू ने एक बार रामटहल की ओर देखा। रामटहल नीचे चला गया। गृहस्वामिनी को भी किसी काम की याद आयी। रमा-छबि-कना ने नीचे शोरगुल शुरू किया—ठाकुर खाने नहीं देता। ऊपर के कमरे में पल्टू बाबू का दरबार लगा हुआ है। पल्टू बाबू ने बिजली से पूछा—मुरली बाबू कब आ रहे हैं?

—कल या परसों तक।

—कौआखोम के मुकदमे का क्या हुआ?

—चल रहे हैं। दोनों ओर के लोग गिरफ्तार हुए हैं।

पल्टू बाबू गंभीर हो गये। उन्होंने घंटा से कहा—घंटा, साइकिल लेकर जाओ और जगन्नाथ बाबू को मेरे घर पर भेज दो।

पल्टू बाबू कह गये—घबराने की बात नहीं। पुल की सिक्युरिटी जमा करने के लिए पैसे की कमी नहीं होगी!

लट्टू बाबू की डगमगाती हुई नाव का खिवैया आ गया! रामटहल आज प्रसन्नता के मारे पागल हो गया है।...फूलबागान का कुछ नहीं बिगड़ सकता, जब तक पल्टू बाबू जिंदा हैं!

कस्बे के लोगों ने अचरज से सुना—छोगमल ने सभी मुकदमे उठा लिये हैं! लट्टू बाबू से उनकी साझेदारी टूटी नहीं है।...ठेकेदार और कुलियों को भी भरोसा हुआ कि बाकी पैसा हज़म नहीं होगा।

सचमुच, पल्टू बाबू खिवैया हैं। जहाज़ का कप्तान!...बैरगाछी से नेपाल की सीमा तक लट्टू बाबू निश्चिंत हो गये!

तीन ही दिन के अंदर तीन लाख का कारबार बिना किसी के देखे-सुने-जाने हो गया!

---

1. यह मछली तो निकल गयी। 2. भागकर जायेगी कहाँ?

गोधनलाल?

कुंतला ने गोधनलाल को देखा और उसके मुँह से एक हल्की-सी चीख निकल पड़ी। अनूप ने पूछा—क्यों, क्या हुआ? कुंतला की आँखों में अनूप ने पहली बार एक अज्ञात भय की छाया देखी।...कुंतला डर गयी है। डरी हुई कुंतला, कितनी भली लगती है! अनूप की दृष्टि गोधन पर पड़ी—कौन है यह? परमान नदी के इस घाट पर, बचपन की बहुत सारी स्मृतियाँ बिखरी पड़ी हैं।...यह कुटिया घाट है!

अनूप ने देखा, कुंतला कुछ कहते-कहते रुक गयी। वह बोला—इसको कुटिया घाट क्यों कहते हैं?

—वहाँ, उस टीले के पास एक मौनी साधु की कुटिया थी। हम लोग हर रविवार को कुटिया में जाते थे, माँ के साथ!...अनूप ने फिर लक्ष्य किया, कुंतला कुछ कहते-कहते रुक जाती है। उसने घाट को पार करती हुई सम्पनी गाड़ी को देखा, कुटिया के टीले की ओर दृष्टि फेरी और फिर कुंतला के मुखमंडल को निहारता रहा।...डरी-डरी आँखें, उदास हो गयी हैं! हठात् कुंतला बोली— आज यहीं तक, इससे आगे नहीं चल सकूँगी।

कुटिया के पास बैरबन्ना से एक अद्‌भुत हँसी हँसा कोई ठठाकर—हा-हा-हा-हा!!

इस हँसी को सुनकर कुंतला फिर डर गयी—मौनी बाबा भी इसी तरह ठठाकर हँसे थे।...कुंतला और गोधन ने पहली बार मौनी बाबा को हँसते देखा था। पहली बार मौनी बाबा की बोली सुनी थी दोनों ने—'यह क्या दैवी माया?' और, दूसरे ही दिन बैरगाछी के लोगों ने सुना था, कुटिया के मौनी बाबा कुटिया छोड़कर कहीं चले गये। रमता जोगी, बहता पानी। दूसरे दिन गोधन ने कहा था—साधु बाबा क्यों चले गये, जानती हो?...शायद। किंतु, कुंतला ने हँसकर कहा था—दुत् पागल! साधु-वैरागी का क्या ठिकाना? रमता योगी, बहता पानी!... उजड़ी हुई कुटिया को देखकर कुंतला इसी तरह डर गयी थी। आज गोधन को देखकर जैसा डर उसके मन में समा गया, वैसा ही एक अज्ञात भय हुआ था उस दिन भी। शायद, मौनी बाबा के चले जाने का कारण वे ही हैं। वे दोनों ही।...शायद गोधन की इस दुर्दशा का

कारण वही है, वह अकेली!

अनूप ने समझ लिया, कुंतला को कोई दुख देनेवाली बात याद आयी है। लेकिन, उस सम्पनी गाड़ी पर बैठे हुए आधा-पागल नौजवान से दुख देनेवाली बात का क्या संबंध हो सकता है?

अनूप ने लौटते समय पूछा—अच्छा, घाट के उस पार कौन-कौन-से गाँव हैं?

कुंतला को सबसे पहले भगवानपुर गाँव की याद आयी। इसके बाद ही अनूप ने पूछ लिया—उस समय, गाड़ी में बैठकर जाते हुए आदमी को तुमने देखा था?

—कौन? इस बार कुंतला को पकड़ लिया अनूप ने—निश्चय ही उस व्यक्ति से दुख देनेवाली बात का कोई संबंध है।

कुंतला की आँखों के सामने से गोधन हटता नहीं!

क्या यह भी संभव है? इतना बदसूरत कैसे हो सकता है कोई? गोधन मूर्ख था, लेकिन कुरूप नहीं। आज जिस गोधन पर नजर पड़ी है, वह गोधन का भूत हो सकता है। गोधन नहीं।...गोधन!!

रात-भर जगी रही कुंतला।

दूसरे दिन सुबह को वह अपनी मौसी के घर गयी, ताजिया बाजार। मौसी का बेटा सनेही का दोस्त था। उससे गोधन के बारे में थोड़ा-बहुत पता चलेगा।

मौसी के घर जाकर उसने देखा, गोधन वहाँ पहले से ही आकर जमा हुआ है। कुंतला को देखकर गोधन के मुँह से भी एक हलकी चीख निकली थी—आ?

सनेही की स्त्री ने कुंतला का स्वागत किया—आइए, दीदी!

सनेही ने अपने मित्र से आँखों में बातें कीं—तुम यहाँ से जल्दी खिसको, अभी!

सनेही और गोधन बैठकर ताड़ी पी रहे थे, सुबह-सुबह। अचानक कुंतला आकर उपस्थित हुई।...दोनों के हाथ में गिलास और दोनों के कठाये हुए चेहरे! गोधन चला गया।

सनेही की स्त्री बहुत देर तक अपना रोना रोती रही। सनेही और गोधन की संगत से यह दुखी थी। लेकिन, वह क्या करे...?

सनेही की स्त्री से ही मालूम हुई, गोधन की संक्षिप्त कहानी–शराबी, जुआरी से लेकर डकैत गोधन का किस्सा वह सुनती रही। सनेही की स्त्री ने डरते हुए कहा–दीदी, अपने भाई को समझाकर किसी तरह उसकी संगत छुड़वाइए। नहीं तो...नहीं तो...। सनेही की स्त्री इससे आगे कुछ नहीं बोल सकी थी। फफककर रो पड़ी थी। और उस दिन कुंतला अपराधों के बोझ से दबी हुई-सी घर लौटी।

हाँ, वह स्वीकार करती है–गोधन की ऐसी दुर्दशा का कारण वही है। कुटिया के मौनी बाबा के चले जाने के कारण...गोधन के गले में हाथ डालकर वह कह रही थी–गोधन, आई लव यू! और, भेड़-जैसा गोधन चुपचाप उसको निहार रहा था...गंधराज फूल की झाड़ी के पास! कुंतला ने उलटकर देखा था–मौनी बाबा? गोधन डर से और भी सिमट गया था।...मौनी बाबा हँस रहे थे...अचानक बोल पड़े–क्या दैवी माया!...न जाने कब से कुटिया बनाकर नदी के किनारे रहनेवाले इस साधु को किसी ने कभी बोलते नहीं सुना था। किसी ने उसका कंठ-स्वर नहीं सुना था। कुंतला को याद है...बहुत मधुर और हलकी बोली–क्या दैवी माया!

कुंतला ने मौनी बाबा को कलकत्ता में देखा था, पहचाना भी था और जल्दी-जल्दी गली में भागकर छिप गयी थी–यह क्या दैवी माया?

कुंतला ने अनूप से कहा–अनूप, चलो!

–कहाँ?

–कलकत्ता!

–क्यों? तुमने तो कहा था कि...।

कुंतला बात काटकर बोली–नहीं। यहाँ रहना अब मेरे बूते की बात नहीं!

अनूप ने कहा–ओ! मैंने समझा कि तुम सीरियसली कह रही हो।

कुंतला चिढ़कर बोली–तुमने कैसे समझा कि मैं सीरियसली नहीं कह रही हूँ!

गोधन की बात अनूप नहीं जान पाये। कुंतला डरती है कि अनूप

को वह मशहूर कहानी न सुना दे कोई। वह बोली—रोज डकैती हो रही है।

अनूप बोला—कलकत्ते में तो रोज कहीं-न-कहीं छुरा-छुरी चल जाती है, तो क्या इसी डर से कोई कलकत्ता छोड़कर चला जायेगा?

कुंतला बोली—तुम सचमुच मूर्ख हो!

—यह तो तुमने दो साल पहले ही जान लिया है।

—उस दिन तुमने देखा था उसको?

—किसको?

—गोधनलाल को!

—यह किस राष्ट्र का प्रधान...?

कुंतला चिढ़ती हुई बोली—उस दिन कुटिया घाट के पास, सम्पनी गाड़ी पर गोधनलाल ही था।

—होगा।

—वह इस इलाके का नामी डकैत है?

—है, या हो गया है?

—क्या मतलब?

—मतलब यह कि आज से सात-आठ वर्ष पहले वह सिर्फ गोधन था। अब डकैत हो गया है।

कुंतला हँसी—ठीक समझा है तुमने।

—मैंने खाक समझा है! अनूप ने मुँह बिदकाया। बाहर साइकिल की घंटी बजी। ट्रिं-ट्रिं!! दोनों का ध्यान भंग हुआ।

सनेही आया है!

कुंतला, सनेही को लेकर आँगन में चली गयी। इसी सनेही की मदद से गोधनलाल पर डोरा डाला था कुंतला ने।...सनेही आज भी जस का तस है। बुलाओ, हाजिर।

कुंतला ने एक बार युवक सनेही की आँखों में आँखें डालने की चेष्टा की। लेकिन, आँखें चुराता है। कुंतला की मुसकराहट को देखकर सनेही को अब डर लगता है शायद। कुंतला से दो वर्ष बड़ा है उम्र में, लेकिन बचपन से ही दीदी कहता है सनेही। पुरानी दीवार-घड़ी की ओर देखते हुए सनेही बोला—तो दीदी! क्यों बुलाया है?

—तुम जल्दी में हो? कुंतला पूछती है।

—हाँ, आजकल हाकिम दस बजे ही इजलास में आ जाते हैं।

सनेही, फौजदारी कचहरी में मुहर्रिर है।...कलमजीवी!...जनाबआली गुजारिश है कि...।

कुंतला कहती है—महीने में कितनी आमदनी हो जाती है कचहरी से?

सनेही का चेहरा हठात् लाल हो गया लाज से। हकलाता हुआ बोला— आमदनी क्या होगी...कोई सीनियर वकील ही नहीं यहाँ। नये वकील-मुख्तार लोग तो खुद ही मुहर्रिरी करते हैं।

कुंतला को अब मौका मिला—तो, कोई बाहरी...माने ऊपरी आमदनी का हीला क्यों नहीं लगाते?

—ऊपरी आमदनीवाला कोई काम कहाँ मिलता है?

कुंतला बोली—सप्लाई डिपार्टमेंट में क्यों नहीं कोशिश करते?

सनेही एक सूखी हँसी हँस कर बोला—बिना बैकिंग के कुछ नहीं होता है, दीदी, आजकल!...जगह तो अभी भी खाली है मार्केटिंग ऑफिसर का। लेकिन...।

—तुमने दर्खास्त दिया है? कुंतला पूछती है।

—दर्खास्त डालना मैं कभी नहीं भूलता।

—किसके हाथ में है?

—एस. ओ. के हाथ में।...सप्लाई ऑफिसर!

कुंतला कुछ क्षण चुप, कुछ सोचती रही। फिर बोली—अच्छा, गोधन का क्या हाल है?

सनेही सोच में पड़ गया। क्या जवाब दे? क्यों पूछ रही है? बेचारे गोधन का सर्वनाश करके ही छोड़ेगी?

कुंतला ने फिर पूछा—सुना है, चोरी-डकैती पर उतर आया है अब?

सनेही को बात लग गयी, कहीं। उसने सिर हिलाते हुए कहा— सब झूठ...पास में बाप का कच्चा पैसा है। इसलिए, बीच-बीच में पुलिसवाले एक 'लंगर' इसका लगा देते हैं।

कुंतला ने इस बार सनेही की आँखों को पकड़ लिया...झूठ की झलक! उसने इधर-उधर देखकर अपने घुँघराले बालों को एक झटका

दिया। फिर बोली—सनेही! गोधन मुझसे नाराज है?

—नाराज?...नहीं-नहीं, गोधन नाराज नहीं किसी से।

—मुझे एक बार...माने गोधन से मैं एक बार मिलना चाहती हूँ।

सनेही जरा घबरा गया।...भगवान जाने अब कौन-सा खेल खेलेगी? उसके यार गोधन की अब खैरियत नहीं।

उसने अपनी मुहर्रिरी बुद्धि लगायी इस बार। बोला—दीदी, सुनी हुई बात पर यकीन मत कीजिए।...वह आपका कोई अपकार नहीं कर सकता।

कुंतला ने एक बार बात पकड़ ली है, अब सनेही की कोई बुद्धि काम नहीं देगी। इस बार तनिक अधिकार-भरे स्वर में बोली—मैं कल ही उससे बात करना चाहती हूँ। तुम सोच लो, उससे कहाँ मिल सकती हूँ?

अब सनेही ने हथियार डाल दिया। उठते हुए बोला—कल, किस समय?

—शाम को।

चलते समय सनेही को पंचतंत्र के उस गदहे की याद आयी जो एक बार कान नुचवाने के बावजूद सिंहनी-रानी का संदेश सुनकर मस्त हो गया था।

—घंटा रे!

—की?

—क्या कर रहे हो?

—कच्चू सेद्ध करछी![1]

बिजली ने कहा—तुम्हारी नयी किताब कब आयेगी? घंटा ने समझ लिया है, किताब का नशा बिजू-दी के सिर पर है, अभी। वह अपना पैकेट सँभालता है। फ्रेंच-आर्ट...तीन दर्जन कार्ड...प्रकृति की ओर लौटते हुए प्राणियों की तसवीरें। घंटा ने जान-बूझकर उस पैकेट को

1. अरबी पका रहा हूँ।

ऐसी जगह छिपाया जहाँ बिजली के हाथ आसानी से पहुँचते हैं।

घंटा अपने से बाहर निकलकर पूछता है—क्यों? क्या काम है घंटा का?

—तुम कभी अली बाजार जाओगे?

—नहीं तो।

—एक बार जा सकते हो?

—वैसे काम हो तो सौ बार जा सकता हूँ।

—एक बार अनूप-दा के डेके आन ना।[1]

—उस रंगीन संन्यासी के पास क्या है?

—सूखी लकड़ियाँ!

—माने?

—होम में काम आनेवाली लकड़ी!

—कुंतला यों ही दे देगी?

जब से कुंतला इस कस्बे में आयी है, बिजली के मन में एक हलचल मचा हुआ है। न जाने क्यों, उसको लगता है कि कुंतला सबकुछ छीन लेना चाहती है।...अनूप को देखकर बिजली का हृदय दया से आर्द्र हो जाता है। बेचारा, पहली बार कलकत्ता से बाहर निकला और एक चालबाज औरत के फाँस में फँस गया। इसको निकालना होगा। बेचारा अनूप!

घंटा बोला—थोड़ी देर के बाद जाऊँगा।

नीचे, रसोईघर के बरामदे पर कुछ हुआ!...गृहस्वामिनी मद्धिम आवाज में कुछ बोल रही है, रामटहल उत्तेजित है।...रमा रो रही है।

बिजली नीचे गयी।

दुर्गा बाजार के नुक्कड़ पर...सायकिल की दुकान के उस लड़के ने छेड़ा है, रमा को!

बिजली डाँटकर कहती है—तू अकेली क्यों आयी? छबि और कना कहाँ हैं?

रमा रोती रही।

लट्टू बाबू का कारबार फिर धूमधाम से चलने लगा है। जिला

1. जरा अनूप-दा को बुला लाओ न।

कांग्रेस के दफ्तर में बिजली के लिए एक कमरा रिज़र्व है। लट्टू बाबू जब सदर जाते हैं, एक बार कांग्रेस के दफ्तर में जरूर जाते हैं। जिला सप्लाई ऑफिस के बड़े बाबू ने कहा है, दफ्तर में आने की जरूरत नहीं। लट्टू बाबू के सभी काम घर पर ही किये जाते हैं। और सबडिविज़नल ऑफिसर साहब आँख मूँदकर उनके कागज़ात पर दस्तख़त करते हैं। लेकिन आज?

...आज एस. डी. ओ. साहब का रुख देखकर लट्टू बाबू तनिक चिंतित हैं। हाकिम ने बार-बार कहा, विजिलेंस कमेटी में एक महिला का होना बहुत जरूरी है। लट्टू बाबू ने दबी आवाज़ में बिजली का नाम लिया तथा हाकिम ने मानो कुछ सुना ही नहीं।...बिजली, इधर कई सप्ताह से मौसी (हाकिम की स्त्री) से मिलने नहीं आयी है। आज ही कहना होगा।

छोगमल का काम जिला कांग्रेस के दफ्तर में अटका हुआ है। टिम्बर कम्पनी खोलने के लिए जोगबनी में जो ज़मीन उसने ख़रीदी है, उसमें मजदूरों के झोंपड़े हैं। दफा 144, 145 की कार्रवाई के बाद सबडिप्टी-मैजिस्ट्रेट साहब ने मामला जिला कांग्रेस के सभापति के नाम 'असेसरी' दे दिया है। इस मामले को बिजली ही सलटा सकती है...।

बिजली किसकी बात सुने? बाहर निकलती है तो सैकड़ों आदमियों की भीड़–दीदी जी...कपड़ा चाहिए...दीदीजी...शादी है बड़ी बेटी की...दीदीजी...दीदीजी...!

बिजली परेशान रहती है। आज ठाकुर ने भात की थाली सामने रखते हुए कहा– दीदीजी! मेरा एक भतीजा मिडल पास करके घर में बैठा हुआ है। कोई नौकरी...चपरासी-उपरासी में कहीं किसी हाकिम के यहाँ रखवा दीजिए।

बिजली चुपचाप सोच रही है, वह क्या करे?

मुरली बाबू ने घुमा-फिराकर वचन ले लिया है बिजली से कि किसी (पर!) पुरुष से बिजली हँसकर नहीं बोलेगी, क्योंकि मुरली बाबू जानते हैं कि बिजली की मुसकराहट में ही सबकुछ है। वह मुसकराहट मुरली बाबू के लिए सुरक्षित रहना चाहिए।...मुसकराहट ही नहीं, मुरली बाबू बिजली की आँखों में आँख डालकर किसी का बोलना

पसन्द नहीं करते। हुक्म है, आँख पर काला चश्मा लगाकर बाहर निकलो। इससे व्यक्तित्व...। मुरली बाबू कल ही आये हैं।

इधर कई महीने से मुरली बाबू इसी सबडिविज़न में अपना अधिकांश काम करते हैं। हर सप्ताह जिला कांग्रेस की गाड़ी 'फूलबागान' के फाटक पर आकर लगती है। मुरली बाबू अपने स्टेनो को एक पत्र लिखवा रहे हैं, सुपरिन्टेन्डेंट ऑफ़ पुलिस के नाम, मीरगंज के बड़े थानेदार के विरुद्ध। सभी टेढ़े हाकिमों को ठीक करना होगा।...कॉपी फारवार्डेड टु द डी. आई. जी., कॉपी टु...!! बिजली की बुलाहट हुई। रमा ने पुकारकर कहा—बिजू-दी! मुरली-दा।

अब 'डाकछे' कहने की जरूरत नहीं। 'बिजू-दी! मुरली-दा' कहने से ही काम चल जाता है।

मुरली बाबू जब कभी किसी हाकिम के विरुद्ध कोई कार्रवाई करते हैं, तो बिजली को इसकी सूचना देना आवश्यक समझते हैं।

—बिजू! मीरगंज का दारोगा का बच्चा अब समझेगा।

—क्यों, क्या हुआ? बिजली पास की कुर्सी पर बैठ गयी।

मुरली बाबू का स्टेनो ऐसे समय में कमरे से बाहर चला जाता है। और, मुरली बाबू गैर-राजनीतिक बातें करने लगते हैं, बिजली से। यथा—क्या नाम कहा इस अँगिया का? ब्रेसरी? तो इस ब्रेसरी का नाम क्या है? वाइल्ड गूज़? बनहंसी? हा-हा-हा-हा!!

बिजली लजाकर लाल होने का अभिनय करती है—असोबूब![1] फिर, मुरली बाबू की 'असोबूईता' धीरे-धीरे बढ़ती जाती है।

आज बिजली ने हठात् पूछ दिया—तुमने कुंतला को देखा है? भोलासहाय वकील की बेटी, कुंतला!

मुरली बाबू बोले—संन्यासी ठाकुर की संन्यासिनी?

बिजली बोली—पूछती हूँ, उसको देखा है?

मुरली बाबू बिजली का मतलब समझते हैं। हँसकर कहते हैं—देखा है। अच्छा, बिजू! कुंतला कौन ब्रेसरी पहनती है? प्रोवोकेटिव?

मुरली बाबू की तलहथी एक सीमा तक जाकर 'परसभूख' मिटा लेती है। मुरली बाबू के चेहरे पर एक चमक दौड़ जाती है, फिर उनकी

1. असभ्य!

बोली काँपने लगती है। इसी मौके पर बिजली को कोई बाहर पुकार लेता है।

मुरली बाबू कुछ देर तक भीषण बेचैन रहते हैं। फिर, मीरगंज के दारोगा अथवा परसाही के ओवरसियर पर गुस्सा उतारने के लिए बहाना ढूँढ़ने लगते हैं।

मुरली बाबू ने समझ लिया है, बिजली ने एक सीमा बाँध ली है। इससे आगे नहीं!...आज नहीं!...तब? कब?? और क्या चाहिए बिजली को?...एक ऐसा प्रोग्राम बनाया जाये दूर देहात का...?? इस मूर्ख अनूप को अभी ही आना था!

मुरली बाबू ने देखा, अनूप सीधे अंदर हवेली में चला गया। मुरली बाबू सीधे अंदर हवेली में जाने का साहस अभी तक नहीं बटोर सके हैं। और यह छोकरा सीधे अंदर हवेली में चला गया।

अनूप जब तक अंदर हवेली में रहा, बिजली बैठक में नहीं आयी। अनूप ने जाते समय, मुरली बाबू से बातें नहीं कीं।

...अच्छा हुआ। साला! कलकतिया व्यंग्य करता है, सो जल्दी से समझ में ही नहीं आता है मुरली बाबू की। और बिजली बाद में हँस-हँसकर समझाती है तब मुरली बाबू को और भी बुरा लगता है।

आज अनूप के चले जाने के बाद भी बिजली नहीं आयी बैठक में। मुरली बाबू मन-ही-मन रूठते जा रहे हैं। छबि आयी—मुरली-दा! चाय भेज दूँ?

—उँहूँ!

—पान?

—उँहूँ!

मुरली बाबू ने देखा, छबि भी 'प्रोवोकेटिव अँगिया' पहनने लगी है। मुरली बाबू कहते हैं—जरा मेरी उँगलियों को चटखा दो तो!

सारे परिवार में यह बात मशहूर है, छबि बहुत सुन्दर सिर टीपना जानती है। सिर-दर्द से आँखें नहीं खुलती हों, छबि से कहिए। पाँच मिनट में सब दुख दूर। गृहस्वामिनी का सिर-दर्द एनासिन और एस्प्रो के सिवा और किसी दवा से दूर नहीं होता।

छबि, मुरली-दा के बालों में उँगलियाँ डालकर टीपने लगी।...मुरली

बाबू के सिर पर सवार गुस्सा धीरे-धीरे उतरने लगता है।...छबि की उँगलियाँ शिथिल होने लगीं...छबि काँपने लगी–मुरली-दा!!

दरवाजे पर खड़ी बिजली की आँखों से मानो आग की चिनगारी निकल रही है–छबि! माँ बुला रही है।

मुरली बाबू निगाह ऊपर नहीं उठा सके।

घंटा, धाराप्रवाह बोलकर अथवा यौन-विज्ञान की परिभाषाएँ सुनाकर फेला को प्रभावित नहीं कर सकता। यह बात घंटा भी समझता है। लेकिन, आज उसने अंतिम चेष्टा की...। घंटा समझा रहा है–देखो, फेला! अब तुम्हीं बताओ, यह मुरली बाबू जिसको देखते ही मैं, तुम और हमारे परिवार-भर के लोग श्रद्धा से, आदर से सिर झुका लेते हैं, जिसके भाषण को सुनने के लिए दूर-देहात के लोग उमड़ पड़ते हैं, जिला कांग्रेस में जिसको नये खून का नेता माना जाता है, वही मुरली बाबू...चोली-अँगिया, ब्लाउज-ब्रेसरी की समस्या पर बिजू-दी से बात करता है। छबि के साथ अभद्रता कर सकता है। लेकिन, सारे समाज की समस्याओं को सुलझाने का सूत्र भी यही देते हैं। आश्चर्य की बात है न? तो, तुमने देख लिया कि किस तरह व्यक्तिगत रूप से, एक विकारग्रस्त व्यक्ति सामाजिक कल्याण की बातें सोच सकता है। कर सकता है...।

फेला आजकल नियमपूर्वक रामकृष्ण मिशन में जाता है। व्यायाम करता है। किताबें ले आता है। वह घंटा को ही नहीं, अपने परिवार के सभी सदस्यों को बीमार समझता है। वह अपने चारों ओर एक उदास वातावरण देखता है, सदैव! उसने अपने कोल्हापुरी चप्पल में पाँव डालते हुए कहा–घंटा-दा! आश्चर्य की कोई बात नहीं। इस संसार में ऐसा ही होता है। जिसके साथ एक क्षण रहने का मन नहीं करता, उसके साथ जीवन काटना पड़ता है।

घंटा जब आश्चर्यित होता है, तो उसके कान हिलने लगते हैं। उसने फेला को गौर से देखते हुए पूछा–तुम भी आँख मूँदकर ध्यान

करते हो, मिशन में? आँख को खुला रखकर ध्यान करना चाहिए।

फेला तनिक नाराज हुआ—की आजे बाजे बोकछो...?[1]

घंटा चुप हो गया—फेला टार की होलो,[2] हठात्?

बिजली ने सीढ़ी से नीचे उतरते हुए फेला से कहा—आश्रम में अनूप से तुम्हारी भेंट हो तो...।

फेला ने कहा—आश्रम में मैं किसी का संवाद नहीं पहुँचा सकता!

बिजली अवाक् हुई—फेला टार की होलो?

माँ ने अपने कमरे से पुकारकर कहा—आसिवांर समय[3]...सोस्टी की स्त्री से मेरी किताब ले आना, फेला।...भूलना मत!

फेला ने जवाब दिया—सात-आठ बजे रात में मैं किसी के घर का दरवाजा नहीं खटखटाने जाऊँगा।

गृहस्वामिनी बड़बड़ाने लगी—इस घर का कोई भी प्राणी उसकी बात जो माने कभी! रात में बहुत देर तक प्रतीक्षा करता रहा घंटा। लेकिन, फेला नहीं आया।...फेला के आश्रम में आज कोई विशेष आयोजन होगा...!

फेला साढ़े आठ बजे रात को घर लौटा। किसी की हिम्मत नहीं हुई कि उससे देरी का कारण पूछे।

फेला ने ठाकुर से पूछा—मेरे लिए रोटी बनी है या नहीं?

ठाकुर गृहस्वामिनी से दबी आवाज में कहता है—खोखा बाबू तो मांस-मछली-डिम[4]-दूध कुछ नहीं खाते हैं।

गृहस्वामिनी झुंझलाकर कहती है—मैं कुछ नहीं जानती!

थोड़ी ही देर में सारा फूलबागान निःस्तब्ध हो गया।

बारह-साढ़े बारह बजे रात में घंटा के कमरे में एक गुर्राहट-जैसी आवाज हुई। फेला चिल्ला उठा—तुम जानवर हो, घंटा-दा। तुम्हीं जानुआर एकटा...हिंस्र जोन्तु!!

फेला अपनी सतरंजी-मसहरी और तकिया को लपेटकर कमरे से बाहर निकल आता है।

बिजली चुपचाप अपने कमरे से बाहर निकलकर खड़ी थी। उसने फेला से कुछ नहीं पूछा। फेला चुपचाप सीढ़ी के नीचेवाली कोठरी में

---

1. क्या बेहूदा बक रहे हो? 2. उसको क्या हुआ? 3. आते वक्त। 4. अंडा।

सोने चला गया।

तीन बजे भोर को ठाकुर का पुराना रोग फिर उभरा। वह चिल्लाने लगा—आगो माय!...बाबा...हे...नारायण...अरो बाप!

रामटहल कुनमुनाकर उठा—शुरू भेल हरमुनियाँ-रोग...। गृहस्वामिनी ने निंदाई हुई आवाज में पुकारकर कहा—ओ बिजली! ठाकुरेर आबार शुरू होलो!

घंटा कहता है—यह असभ्य रोग पाले हुए हो क्यों?...ठाकुर दर्द से पागल हो रहा है। घंटा पूछता है—बोलो, इस बार कटावेगा या नहीं? अभी हम तुमको अस्पताल ले जायेगा। छोड़ेगा नहीं, इस बार हम कटा देगा सब रोग का जड़ी में जो कुछ है तुम्हारा...।

आश्चर्य! ठाकुर का रोने-चिल्लाने का वेग हठात् कम हो गया।

गोधन नहीं आया!

वादा करके भी नहीं आया। सनेही क्या करे?

बारह बजे रात तक बैठी रही कुंतला। गोधन की सम्पनी गाड़ी नहीं आयी। सनेही की स्त्री ने बार-बार कहा—दीदी! कुछ खा लीजिए। लेकिन, कुंतला ने कुछ नहीं खाया।

लौटते समय घोड़ा-गाड़ी पर उसने सनेही से इतना ही कहा—मैं उसका बुरा नहीं चाहती। मैं अपना बुरा भी नहीं चाहती।...मुझे एक मिनट का समय चाहिए। मैं एक ही बात उससे पूछना चाहती हूँ!

अनूप ने हँसकर स्वागत किया—मौसी के घर से निश्चय ही भूखी नहीं लौटी हो। लेकिन, इधर अकारण ही एक आदमी कब से भूखा बैठा है।

कुंतला बोली—क्यों? आज आश्रम में खिचड़ी नहीं बँटी थी?

अनूप ने कहा—खिचड़ी मत कहो। खेचरान्न!

कुंतला के यहाँ रसोई बनानेवाली बूढ़ी बंगालिन को, परिवार के सभी पीसी कहते हैं।

पीसी का शासन भी चलता है, अधिकांश सदस्यों पर। कुंतला को

डाँटती है–रात-बेरात कहाँ घूमती हो? यह तुम्हारा 'कोलकाता' नहीं कि राह में सुई पड़ी हो तो देख लो?

कुंतला पुकारती है–अनूप, आओ।

पीसी निहाल हो गयी। वह जानती है, पीसी के हाथ का भोजन छोड़कर वह मौसी की फूहड़ पतोहू के हाथ की रोटी कभी नहीं खायेगी, कुंतल।

खाते समय अनूप ने कहा–पीसी! आज के एकटू झाल बेसी हयेछे।[1]

कुंतला बोली–किस चीज में झाल ज्यादा है?

अनूप ने अचरज से पूछा–तुमको जरा भी झाल नहीं लगी यह तरकारी? तो फिर तुम्हारी आँखें इस तरह डबडबायी क्यों हो गयी हैं?

कुंतला सूखी रोटी चबाती रही बहुत देर तक!

अनूप ने कहा–लोग मुझे यहाँ के स्कूल में व्यायाम-शिक्षक रखना चाहते हैं। तुमने सुना है?

कुंतला ने कोई जवाब नहीं दिया।

अनूप ने तनिक झिड़की भरे स्वर में कहा–पेट भरा हुआ है तो खाने क्यों बैठीं? अन्न को बरबाद क्यों किया?...जाओ, मुँह धो लो। कुंतला उठ गयी। मुँह धोने चली गयी।

पीसी ने आश्चर्य से देखा–अनूप ने कुंतला की थाली की जूठी रोटी को अपनी थाली में ले लिया। दूध-दाल-तरकारी सब लपेट-सपेटकर खा गया, केला भी, अमड़ा की चटनी भी!

कुंतला नाराज हुई–अनूप! तुम्हारी यह आदत, गंदी आदत मुझे पसंद नहीं। जूठ पत्तल से इस तरह...?

अनूप ने कहा–अन्न कभी जूठा नहीं होता। माँ अन्नपूर्णा!

इस बार कुंतला ने कड़ी बात कह दी–तो डस्टबिन में कुत्तों से लड़कर अन्न क्यों नहीं खाते?

हमने वह भी खाया है, देवि! हमने, आदमी के बच्चों ने। अनूप कहता गया–और जिस दिन डस्टबिन और रसोईघर में कोई अंतर नहीं रह जायेगा...आह, दीदी...वह दिन कब आयेगा?

1. आज मिर्चा थोड़ा ज्यादा हो गया है।

कुंतला रूखी हँसी हँसकर, बोली–रखो अपना वेदान्त-ज्ञान...कल से तुम मेरे साथ नहीं बैठोगे, रसोईघर में, समझे?

जो आज्ञा! अनूप जाने लगा।

अरे-रे जाते कहाँ हो? जरा बैठो न! कुंतला ने अनुनय-भरे स्वर में कहा।

अनूप बैठ गया। कुंतला अपने मन की बात को छिपा नहीं सकती अनूप के सामने। खुल पड़ती है–अनूप! आज मेरा जी अच्छा नहीं... कल से तुम आश्रमवासी जीव हो जाओगे न?

अनूप ने कहा–जी तो कभी अच्छा नहीं रहता। कलकत्ते में होती तो कहता, होमसिकनेस। लेकिन...।

कुंतला बात काटकर बोली–मेरा 'होम' यहाँ नहीं, संन्यासी ठाकुर। हम भी यहाँ परदेशी हैं।

अनूप बोला–पटना-गया तो बिहार ही में हैं।

कुंतला बोली–मेरा जन्म इसी घर में हुआ है। लेकिन, मैंने इस बैरगाछी कस्बा को अपनी जन्मभूमि नहीं माना।...कुंतला को अपनी दादी के मुँह से सुनी हुई पटना-राँची सड़क के किनारे रजौली गाँव की अनेक सुनहरी कहानियों की याद आयी।

वह कहने लगी–अनूप!...जब मेरे पिताजी ने पूर्णिया में वकालत शुरू करने की बात की, तो पूरे घर में मातम छा गया था। पूर्णिया जिला? जब किसी सरकारी कर्मचारी को दंड देना होता तो उसकी बदली पूर्णिया जिला कर दी जाती थी। जिस दिन वह ऑफिसर साहब पूर्णिया जिला की ओर प्रस्थान करते, उस दिन सारे गाँव-मुहल्ले के लोग आकर जमा हो जाते मातमपुर्सी के लिए। कोई हिदायत देता–पानी गर्म करके पीना रोज।...देह में बिना तेल लगाये एक मिनट भी वहाँ रहना अच्छा नहीं।...रात में देह में किरासन का तेल का मालिश करवाना, आदि-आदि! जब ऑफिसर साहब पूर्णिया जिला पहुँचते, तो कुछ दिनों के बाद ही उनका भय दूर हो जाता। मलेरिया, काला आजार का देश! अथवा अन्नपूर्णा का आँचल। इतनी सस्ती जमीन? आठ आने बीघा? इतना सस्ता दूध? इतना अच्छा घी? पान? महीन, सुगंधित चावल की गंध जहाँ के खेतों में फैली रहती है, अगहन में।

साहब बहादुर जब लम्बी छुट्टियों में घर जाते, तो उन्हें घरवाले भी बहुत देर बाद पहचान पाते। लाल-लाल गाल और भरा-पूरा पॉकेट। यहाँ के सभी प्रमुख कस्बे और शहर अन्य जिला और प्रान्तों के रहनेवालों ने इसे बसाया है।

अनूप ने कहा–तुमको भी भ्रम है कि तुम उस रजौली गाँव को अपनी जन्मभूमि मानती हो। तुमको इसी कस्बे से, इसी बैरगाछी कस्बे से प्यार है। नाड़ी का टान समझती हो? नाल का आकर्षण? जन्मभूमि का प्यार? उस रजौली गाँव में तुमको छोड़ दिया जाये तो तुम छटपटाकर मर जाओगी।

कुंतला चुप हो गयी।

अनूप ने पूछा–तुम्हारे मिशन का क्या हुआ?

कुंतला बोली–बुलेटिन निकालूँगी तो पढ़ना।

अनूप उठ खड़ा हुआ–गोधनलाल को मैंने शाम को देखा था। पच्छिम मैदान वाली सड़क पर।

कुंतला गुमसुम बैठी रही। महाराजिन ने आकर सूचना दी–मालिक बाबू बुला रहे हैं दोनों को अपने कमरे में।

बिजली ने मुरलीमनोहर मेहता को क्षमा कर दिया।

मुरली बाबू निहाल हो गये। पूरे तीन सप्ताह तक बिजली रूठी रही। मुरली बाबू ने पत्र दिया–लज्जित हूँ! ग्लानि से तुम्हारे सामने आने की हिम्मत नहीं होती।

इस बार फिर बिजली ने पूर्ववत् व्यवहार किया। क्षमा कर दिया है बिजली ने, मेहता जी ने मारे प्रसन्नता के वर माँगने को कहा–मानो बिजली, तुम्हारे काम से प्रसन्न होकर जिला सभापति ने इस बार...।

–क्या, इस बार?

–इस बार तुमको एम. एल. ए. का टिकट दिया जायेगा।

मुरलीमनोहर मेहता ने बड़े प्यार से यह शुभ-संवाद सुनाया–महिलाओं के लिए रिजर्व-सीट है।

बिजली की बुलाहट हुई, नीचे।

लट्टू बाबू ने बाहर जाते समय कहा—बिजू! उस छोगमल का उद्धार कर दो, आज। समझी?

बिजली बोली—अभी ही बात बोलूँगी। तुमी निश्चिन्दी थाको।[1]

बिजली ने घुमा-फिराकर छोगमल की बात चलायी—जो भी हो, आदमी छोगमल भला है।

और अंततः यह बात तय पायी कि जोगबनी वाले मामले में छोगमल की सहायता की जा सकती है, यदि वह जोगबनी में एक आश्रम बनवा दे!

बिजली ने कहा—मुझे विश्वास है, वह पीछे नहीं हटेगा।

मुरलीमनोहर मेहता ने अपनी अन्य समस्याओं की चर्चा की कि किस तरह घर-गृहस्थी का झंझट भी उनके सिर आ गिरा है। किस तरह सगे-संबंधियों की सहायता करनी पड़ती है, आदि-आदि।

बिजली ने बड़े प्यार से कहा—शरीर की ओर ध्यान दो, तुम।

भोलासाही बाबू की तेतरी बेटी ने वकालत पास कर लिया! सारे बैरगाछी कस्बा में यह खबर तुरत फैल गयी।...जनाना वकील!... हाकिम के रू-ब-रू बहस करेगी?...जिरह करेगी...जुल्म हो गया!

गोधनलाल आजकल 'बाई' के झोंक पर सभी काम करता है, मानो। उसकी 'खनगिन' कहती है अपनी बूढ़ी फूफी से—फूफी! इस मरद को क्या हो गया है, पता नहीं। रोज मार-पीट करता है। छोटी-छोटी बात पर गाली देता है।

फूफी ने आवाज मद्धिम करके पूछा—आजकल तुमको कुंतलकुमारी कहकर पुकारता है, या नहीं?

—नहीं, फूफी। कुंतलकुमारी और प्यारी रानी अब कहाँ? अब तो दिन-रात छिनाल और रंडी को छोड़कर मुँह से दूसरी बात ही नहीं आती है उसके।

1. तुम निश्चिन्त रहो।

फूफी ने भेद-भरी बात बतायी—अच्छा, दो-तीन दिन और देखो। तब मैं एक उपाय बताऊँगी।...गोधनलाल का गाड़ीवान, मंगलदास आया।

—क्या है, मंगल? बूढ़ी ने पूछा।

मंगल ने कहा—होगा और क्या? मालिक आज रात बैरगाछी से लौटेंगे तो...कहिन है...थाने का कोई सिपाही नहीं रहे।

—थाना का सिपाही?

'कुंतल कुमारी' बोली—अब समझ में आयी बात। समझती हो, फूफी! कल, उस सिपाही को देखकर मन में पाप समाया है।

फूफी तुनककर बोली—इतना 'तेख' है तो अपनी हवेली के अंदर क्यों नहीं रखते? हाय भगवान, मैं पहले ही जानती थी।...झूठ बोलूँ तो ऊपर बैठा है, सबकुछ देखनेवाला। वही इंसाफ करेगा।...मेरे इसी पैर पर माथा रखकर महाजन का रोना रोया था, फूफी! मुझसे लिखवा लो। अपनी ब्याहता बीवी से बढ़कर मुहब्बत है मुझको। तीस बीघा जमीन लिख दूँगा, तो कमलबाग दे दूँगा, तो मालकिन बना दूँगा, तो रानी बनाकर रखूँगा...कितनी बातें! और अब साँप का पाँचवाँ पैर देखकर मन बदल गया...अच्छा! अच्छा!

मंगलदास चुपचाप खैनी चुनियाता रहा। सहानुभूति-भरे स्वर में बोला, इधर-उधर देखकर—उसी समय हाथ काटकर क्यों नहीं रख लिया?

हाथ काटकर रखना माने कागज बनवा लेना। मंगलदास को गोधनलाल अपना विश्वासपात्र और सीधा नौकर समझता है। किन्तु, इधर कुछ दिनों से मंगलदास का मन भी बदल गया है। वह अपने मालिक की 'खनगिन' को अब दूसरी नजर से देखने लगा है!...वह उससे एकांत में कोई बात करना चाहता है। मौका मिलते ही उसने कनखी दी। फूफी चली गयी, तो उसने शुरू किया। खैनी मुँह में लेते हुए उसने कहा—आजकल नया ठेठर शुरू हुआ है।

—भोला साही बाबू की बेटी की जूती चाटने जाता है?

—नहीं, नहीं! भोलासाही की बेटी नहीं...वह लट्टू बाबू हैं न! उसी की बेटी आजकल सपने में तंग करती है। हूँ...!

—लट्टू बाबू की बेटी? वह कांग्रेसवाली?

—नहीं । वह नहीं। जो स्कूल में पढ़ती है।

मंगल ने ठीक कहा है। छबि और कना उस दिन स्कूल से लौट रही थीं। डाकबँगले के पास गोधनलाल सम्पनी गाड़ी में बैठा था।. ..बहुत देर तक गोधनलाल छबि को देखता रहा। इसके बाद जब भी बैरगाछी जाता गोधनलाल, अपने गाड़ीवान से कहता—सम्पनी डाकबँगले के पास खोलना। और, ठीक चार बजे गोधनलाल अपनी सम्पनी गाड़ी पर आकर बैठ जाता।

रोज छबि की एक झलक निहारकर शांति मिलती है। इतना ही नहीं, जिस पल्टू बाबू से गोधनलाल के बाप की पुश्तैनी दुश्मनी थी, उसी पल्टू बाबू के पैर पर अपना सिर रख दिया...।

पल्टू बाबू ने अचरज से गोधनलाल को देखा—ओ! गोधनलाल, कहो बेटा! क्या समाचार है?

गोधनलाल बात बनाना जानता है, बोला—बाबूजी! मैं आपका आशीर्वाद लेने आया हूँ।

पल्टू बाबू ने परख लिया, इतने दिनों के बाद लोहा लाल हुआ है। उन्होंने आह्लादित होकर गोधनलाल को उठाया—जीते रहो, बेटा!

गोधनलाल ने सुनाया—पुलिसवाले मेरे पीछे लगे हुए हैं। किसी तरह मुझे एक बार किसी भारी केस में फँसाना चाहते हैं। उस बार भोलासाही बाबू ने कहा था, अब कोई उँगली नहीं उठावेगा। और छः महीने के बाद ही फिर बदमाशी शुरू कर दी है यहाँ के दारोगा ने!

पल्टू बाबू ने पूछा—भोलासाही की बेटी से भेंट हुई है?

गोधन जरा लजा गया—नहीं।

गोधनलाल ने गिड़गिड़ाकर कहा—बाबूजी, मैं कोई व्यापार करना चाहता हूँ अब। नहीं तो ये पुलिसवाले मुझे चैन से सोने नहीं देंगे।

पल्टू बाबू ने कहा—जमुना बाबू से तुम्हारी जान-पहचान है?

—कौन जमुना बाबू?

—सोशलिस्ट पार्टी के जमुना बाबू! जमुनालाल 'निडर'।

गोधनलाल ने कहा—नहीं, बाबूजी।

पल्टू बाबू ने गंभीरतापूर्वक कहा—व्यापार नहीं। तुम्हारे कपाल में लीडरी लिखी हुई है। लीडर...।

गोधन ने अचरज से पल्टू बाबू की ओर देखा।

जिला समाजवादी किसान-सभा की विशेष बैठक बैरगाछी में हो रही है। जिला-भर के नेता और कार्यकर्ता आ रहे हैं। बैठक के बाद आम सभा होगी। शहर के कोने-कोने में ऐलान किया जा रहा है—आइए, आइए, जरूर आइए! गर्मागर्म भाखण सुनिए...ऐसा मौका फिर हाथ नहीं आवेगा।

गोधनलाल ने आज सोशलिस्ट-कट कुर्ता और पाजामा पहना है। जिला-मंत्री साथी जमुनालाल 'निडर' ने खुद कागज पर दस्तखत करवाया है गोधनलाल से। सिर्फ सोशलिस्ट-कट ही नहीं, गोधनलाल ने मूँछ भी सफाचट मुड़वा ली है...मूँछ रखकर कोई सोशलिस्ट कैसे हो सकता है भला!

इस बैठक और सभा का सारा खर्च गोधनलाल ने अपने सिर पर लिया है। फुलगेंदा साह हलवाई को हुक्म दिया है गोधनलाल ने—कड़ाही हमेशा चढ़ी रहे। पान और सिगरेट की फ्री। जिसको सोशलिस्ट-कट कुर्ता देखो, या मूँछ सफाचट देखो, उससे पैसा मत माँगो।

सारा बैरगाछी शहर दलमला गया है, मानो। हर जगह इसी सभा की चर्चा चल रही है। सामने से पहले घोड़ागाड़ी गुजरी और आसपास खड़े लोगों ने कहा :

—यही है दयानाथ बाबू।...सन बियालिस में तेरह खून किया था दयानाथ बाबू ने अपने हाथ से।...गर्म पार्टी...गर्म नेता!!

दूसरी घोड़ागाड़ी पर हैं कृपाशंकर बाबू। गोपालपुर इस्टेट के मालिक। दरवाजे पर दो-दो हाथी झूमते हैं। लेकिन, कृपाशंकर बाबू को देखिए...गरीबों के लिए जान हथेली पर लेकर घूम रहे हैं।...बिंदा

बाबू...अनोखेजी गवैया–क्रान्तिकारी गीत गानेवाला...रामभरोसा प्रसाद–कटिहार में मजदूरों का संगठन करनेवाला...नगीनालाल–जेल से तीन बार भागनेवाला...और अब पैदल जत्था...नारों से शहर का कोना-कोना गूँज रहा है।...लगता है, आज कुछ होकर रहेगा।

पुलिस-इन्सपेक्टर साहब को लगा–सोने का अंडा देनेवाली चिड़िया हाथ से निकल गयी।...फुर्र!

गोधना साला तो सोशलिस्ट लीडर हो गया? पल्टू बाबू मन-ही-मन मुसकरा रहे हैं–कठपुतली नाच के सूत्रधार की तरह। उनकी प्रत्येक उँगली में एक सूत बँधा हुआ है।

लट्टू बाबू आये–गुरूदादू! अब क्या होगा?...सोशलिस्ट-पार्टीवाला तो यहाँ भी आ गया।

पल्टू बाबू ने कहा–तो क्या हो गया?

पल्टू बाबू की मुद्रा देखकर ही समझ गये लट्टू बाबू कि खतरे की कोई बात नहीं, बल्कि, कुछ लाभ...।

पल्टू बाबू ने कहा–घंटा कहाँ है? उसको भेज दो यहाँ।

घंटा आया–आपने मुझे बुलाया है, गुरूदादू?

पल्टू बाबू ने मुसकराते हुए कहा–तुम तो मुझसे हमेशा नाराज रहते हो, घंटा...।

घंटा बात काटते हुए बोला–नहीं, गुरूदादू।

पल्टू बाबू प्यार से उसकी पीठ पर हाथ फेरने लगे–हाँ रे! तुम मुझसे क्यों नाराज हो, मैं जानता हूँ।...बड़े-बूढ़े में अवगुण हों तो नये नौजवान नाराज होंगे ही।

घंटा को दस-बारह साल पहले की कदर्य घटनाएँ याद आयीं।...गुरूदादू इसी तरह पीठ पर हाथ फेरते-फेरते उत्तेजित हो जाते थे। फिर, गुरूदादू जानवर हो जाते थे। किन्तु आज गुरूदादू ने पीठ पर हाथ फेरने के बाद घंटा से पूछा–क्यों? बैठा-बैठा क्या करता है?

पढ़ाई-लिखाई तुमसे होगी नहीं।...लीडरी करेगा।

घंटा ने आश्चर्य से पल्टू बाबू से आँखें मिलायीं। पल्टू बाबू अपनी थैली से मसाला इस तरह निकालने लगे, मानो थैली में लीडरी हो। अभी कुछ देर पहले जुलूस को देखकर घंटा के मन में सोशलिस्ट पार्टी में काम करने की बात जगी थी। फिर, तुरत ही बिला गयी थी। पल्टू बाबू ने कहा—बोलो?

घंटा ने कहा—लेकिन सुनते हैं खून से दस्तखत करवाता है।

—करवाता है तो कर देना। एक बूँद खून ही लगेगा न। और क्या?

पल्टू बाबू ने पन्द्रह मिनट के अन्दर ही घंटा के मन में समाजवाद की मोटी बातें बैठा दीं। घंटा तैयार हो गया। आज से वह भी काम का आदमी हो जायेगा। चलते समय पल्टू बाबू ने कहा—मैंने लट्टू से कह दिया है। छबि तो वह गीत खूब जोश में गाती है—ऊर्ध-गगने बाजे मादल। उसको अपने साथ ले जाना।

ऊर्ध-गगने बाजे मादल
निम्ने-उतला-धरणी तल
अरूण-प्रांतेर तरूण दल
चल रे—चल रे—चल!

सुफेद सलवार और सुफेद खादी के कुर्ते पर सफेद दुपट्टा। दुपट्टे को कमर में लपेटकर छबि खड़ी हुई माइक के सामने। घंटा भी मंच पर बैठा था। उसने पीछे से कहा—देख छबि! नारवास हबिना। ताले-ताले गा।

गीत गाते समय छबि अपनी देह को ताल पर हिलाने लगी—'ऊर्ध-गगने बाजे मादल!' इस पंक्ति को गाते समय वह ऊपर आकाश की ओर देखती। दूसरी पंक्ति—धरती की ओर देखकर। देह किन्तु ताल पर ही नबती-झुकती थी उसकी।

इस गीत ने सभी कार्यकर्ताओं को उत्तेजित कर दिया। गीत के बाद पन्द्रह मिनट तक नारे ही लगते रहे। एक चुप होता तो दूसरा उठकर खड़ा हो जाता और मुट्ठी बाँधकर नारा लगाना शुरू कर देता। साथी जमुनाप्रसाद 'निडर' ने बहुत मुश्किल से अपने उत्तेजित साथियों

को शांत किया—साथियो! साथियो!!...अभी आपने सुना कि किस तरह आकाश-पाताल में एक सरगर्मी है, एक हरकत है, एक वलवला है।...आपको मालूम होना चाहिए कि हमारी पार्टी इसी गुस्से का एक इजहार है...।

शाम को गोधनलाल, पल्टू बाबू के पैरों पर जा गिरा, मारे प्रसन्नता से। घंटा और छबि ने मिलकर गोधनलाल को उठाया। पल्टू बाबू ने पीठ पर हाथ ठोंकते हुए कहा—वाह, बेटा!

मुरली बाबू आये हैं!

आये हैं, लेकिन इस बार 'फूलबागान' में नहीं ठहरेंगे। सबडिविजनल-कांग्रेस के दफ्तर में रहेंगे। बिजली की बुलाहट दफ्तर में ही हुई है। दफ्तर का स्वयंसवेक (चपरासी) बाजाप्ता चिट्ठी ले आया है : सेवा में, कुमारी बिजली-इंचार्ज, महिला-विभाग। मंत्री श्री मेहताजी आवश्यक कार्य से आये हैं...।

बिजली ने दफ्तर की सीढ़ी पर पैर रखते-रखते पूछा—कहाँ हैं?

—अंदरवाले कमरे में।

फिर, अंदरवाले कमरे में प्रवेश करती हुई अधिकार-भरे स्वर में बोली—क्यों, क्या बात है? यहाँ क्यों? दफ्तर में क्यों ठहरे हैं?

मुरली बाबू ने अपने को संयत करते हुए कहा—असली जगह तो यही है हमारे ठहरने की।

बिजली बैठी नहीं। बोली—उठिए, चलिए, काकी माँ चाय लेकर बैठी हैं। नहीं, नहीं, मैं कुछ नहीं सुनूँगी।

आस-पास एकत्र अन्य कार्यकर्ताओं ने भी कहा—इतना जिद करती हैं, जाइए, मंत्री जी...।

मंत्रीजी ने अचानक चिढ़कर कहा—आप लोग अपना काम देखिए जाकर। यहाँ क्यों?

सभी कार्यकर्ता अपना काम देखने चले गये। अँगनाई में रह गया सिर्फ पुराना वालेंटियर—सनतीसा! 'सनतीसा' उसका उपनाम है। वह

सन उन्नीस सौ तीस से ही कांग्रेस का वालेंटियर है। पाँच बार कैम्प-जेल-सेल हो आया है। सन तीस में 'बानर सेना' में था। बचपन से ही जरा 'टर्रेबाज' है, यानी टेढ़ी-बाँकी बोलने वाला दबंग प्राणी है। सच्ची बात ही नहीं, अभद्रतापूर्वक सच्ची बात कहने के लिए वह प्रसिद्ध है। इधर कई वर्षों से वह अपने को सनतीसा कहने लगा है–हाँ-हाँ! हम लोग बरसाती मेढक नहीं हैं जिनको रास्ते चलते पकड़ लिया मिलेटरीवालों ने–सो साले लोग भी अपने को कांग्रेसी कहते हैं।...बंदा साइमन कमीशन का बायकाट किया है, लाठी खाया है।...हिंदुस्तान में उधर जवाहरलाल नेहरू और पुरेनियाँ डिस्टी में मेवालाल काफरी...हम सनतीसा हैं।

मंत्रीजी ने देखा, सनतीसा ट्यूबबेल पर कपड़े में साबुन लगा रहा है। उसकी मुद्रा को देखकर मेहताजी ज़रा हिचकिचाए, फिर कुछ कहते-कहते रुक गये।

मुरली बाबू ने बिजली को बैठाकर अँगनाई की खिड़की का एक पल्ला हौले हाथ से सटा दिया। सनतीसा सब देख रहा है!

सनतीसा समझता है, कमरे में मान-अभिमान का खेल हो रहा है! उसने सुना :

–नहीं! मैं अब फूलबागान में पैर नहीं रखूँगा।

–क्यों?

–यों ही।

–चलिए जो कुछ कहना है, वहीं चलकर कहिए।

–उँहूँ!

–उँहूँ!

–??...??

सनतीसा के कान खड़े हुए... खटिया चरमरायी...? कुछ खटखुटा हुआ न? और, तब सनतीसा ने कपड़े को पटक-पटककर ताल देते हुए शुरू किया :

अरे, की करैछी काचुर-माचुर
किये बोलैछी टाटी
अरे मुनहर-घर में बेंग बोलेछै

मूस कोड़ैछै माटी, मुसवा डंड पेले रे
मुसवा डंड पेले रे
(दिन-देहाड़े मुसवा साला) डंड पेले रे!

ऐसे अभद्र गीतों में बिना 'साला' पच्चर लगाये सनतीसा कभी नहीं गाता। हर मौके के लिए कई मौजूँ गीत उसके पास मौजूद रहते हैं।

इस बार उसने दूसरा गीत शुरू किया है :

अजी कोटलिया में जाकर बदल जाइए-जी-ई...।

मुरलीमनोहर मेहता ने सनतीसा का नाम लेकर पुकारा—ऐ! ऐ मेवालाल! क्या सब ऊल-जलूल गीत गाते हो?

मेवालाल आज अभद्रता करने पर तुला हुआ है, शायद। उसने एक अजीब मुद्रा बनायी—हम ऊल-जलूल गाते हैं? हम ऊल-जलूल गाते हैं?

मुरली बाबू को नरम होना पड़ा। बोले—हल्ला मत करो! इसके बाद मुरली बाबू, बिजली के साथ बाहर निकले।

मेवालाल उर्फ़ सनतीसा ने अब लोककथा बाँचने के सुर में गा-गाकर शुरू किया—हैं, तब इसके बाद जाकर के चननिया ने क्या किया है, जाकर के सो देखिए कि जाकर के सोलहो सिंगार करके पोर-पोर में गहना गूँथ लिया है, जाकर के सो मारे मोहनमाला...।

जब जीप-गाड़ी सबडिविजनल कांग्रेस के दफ्तर से निकलकर सड़क पर चली गयी, तो अन्य कार्यकर्ताओं ने सनतीसा की बहादुरी पर हँसते हुए कहा—वाह रे सनतीसा! वाह रे सनतीसा!!

वे बहुत देर तक जी खोलकर हँसे।

'फूलबागान' में पहुँचकर मुरली बाबू ने देखा, कई सप्ताह के अंदर बहुत परिवर्तन हुए हैं। फाटक के बगल में एक लाल झंडा लहरा रहा है। और बात झंडे से ही शुरू हुई। मुरली बाबू झंडा देखकर चौंके—तो सोशलिस्ट पार्टी का दफ्तर फूलबागान में ही खुला है!

बिजली बोली—नहीं। दफ्तर अभी नहीं खुला है। नयापाड़ा के

पास जो मैदान है, वह गोधनलाल की जमीन है। सुना है, गोधनलाल ने वह जमीन पार्टी के नाम रजिस्ट्री कर दी है। और, शायद इसी महीने में पक्का मकान भी बनवा देगा।

मुरली बाबू ने घंटा को बुला भेजा–देखूँ नये सोशलिस्ट लीडर साहब को।

घंटा आया और उसने जान-बूझकर 'लाल सलाम' किया, मुट्ठी बाँधकर–लाल सलाम! कामरेड मुरली-दा!

मुरली बाबू हँसे तो घंटा गंभीर हो गया। उसने पूछा–क्यों? हँसते क्यों है? इसमें हँसने की क्या बात है?

मुरली बाबू ने साहस बटोरकर घंटा को समझाना शुरू किया–देखो घंटा, सोशलिस्ट...।

किंतु, घंटा ने कुछ भी सुनने से इनकार कर दिया–मुरली-दा! प्रोलेतारियत यानी सर्वहारा वर्ग के विरोधियों से मुझे कोई सीख नहीं लेनी है।

घंटा चला गया। उसके सिर पर बहुत-बहुत जिम्मेदारियाँ हैं। वह विद्यार्थी संगठन का इंचार्ज है और छबि है सहायिका।

मुरली बाबू बिजली की ओर देखकर बोले–वाह! खूब हिसाब लगाया है। आधा घर कांग्रेसी और आधा घर सोशलिस्ट...।

बिजली ने असहाय-भाव दिखलाकर कहा–आप शायद नहीं जानते कि इस फूलबागान की सम्पत्ति में बारह आना हिस्सा घंटा का ही है!

मुरली बाबू ने चेतावनी दी–किंतु, छबि को...छबि को...मैं कहे देता हूँ, उस गोधनलाल से जरा होशियार रहना। काका बाबू से भी कहूँगा मैं। वह नामी डकैत...।

मुरली बाबू को क्या मालूम कि गोधनलाल बगलवाले कमरे में बैठकर पार्टी-ऑफिस का प्लान बनवा रहा है, ओवरसियर रबी बाबू से! अपना नाम सुनकर गोधनलाल के कान खड़े हुए। डकैत? उसने बारी से छबि और घंटा को देखा। आँखों ही में बातें हुईं और घंटा के साथ गोधनलाल ने बिजली के कमरे में प्रवेश किया, नाटकीय अंदाज से।

घंटा ने कहा—कॉमरेड मुरली-दा! अँगरेजी में कहावत है कि शैतान का नाम लो और वह हाजिर! तो यह रहा आपका डकैत गोधनलाल!

मुरली बाबू ने गोधन को पहली बार देखा है—गौरवर्ण का शांत-सुशील जैसा युवक! मुरली बाबू ने अपने श्यामल शरीर को देखा। छबि आकर गोधनलाल के पास ही बैठी। मुरली बाबू का दिमाग चकराने लगा...ये लोग क्या करेंगे? उन्होंने बिजली की ओर देखकर कहा—मैं इसलिए यहाँ नहीं आना चाहता था, तुम मुझे बेइज्जत करवाने के लिए ले आयी हो?

बिजली ने घंटा से कहा, अनुनय-भरे स्वर में—घंटा! दया करके 'सीन क्रियेट' मत करो। हमें काम करना है।

घंटा के बदले इस बार छबि बोली—किंतु, किसी को कोई बेवजह गाली क्यों देगा? मुरली-दा ने डकैत क्यों कहा गोधन-दा को?

बिजली ने छबि को डाँट दिया—तुमी चुप कर।

घंटा बोला—केन? छबि केन चुप कोरबे?

काकी माँ हल्ला-गुल्ला सुनकर आयी—की? की? की? होलो?... बाबा! सभी तो देश का ही काम करते हो। फिर, आपस में यह लड़ाई क्यों? एक घर में वैष्णव और शाक्त रहते हैं, लड़ाई तो नहीं करते?

घंटा बोला—यदि वैष्णव की बिल्ली, शाक्त की मछली चुराकर खा ले—तब भी नहीं?

इस बार काकी माँ ने घंटा को डाँट बतायी—घंटा!

रामटहल चाय लेकर आया। छबि बोली—दो प्याला और ले आओ। और पाँपर भाजा भी। समझा?

गोधन चुप रहा। उसके मन में हमेशा छबि की वह छवि नाचती रहती है—उचक-उचककर, ताल पर गाती हुई छबि—ऊर्ध-गगने बाजे मादल! बिजली बड़बड़ाती हुई कमरे से बाहर गयी और फिर वापस आयी—रामटहल! ऑफिस-घर खोल दो। डिरेक्टर साहब आये हैं।

छोगमल भी आया है? बाहर, दो बार हॉर्न बजा।

घंटा ने कहा—सेठजी की गाड़ी का हॉर्न भैंस के बच्चे की तरह बोलता है।

मुरली बाबू को छोड़कर सभी हँसे।

मुरली बाबू इस बार न जाने किस कुलग्न में चले गये थे। छबि ने गोधन के कान में कुछ कहा। मुरली बाबू मन-ही-मन जलकर रह गये।

कुंतला को लगा, किसी ने उसके गाल पर जोर से तमाचा मार दिया।!...गोधन? उसका पहला प्यार?...उसके अंदर कुछ टूट रहा है! तोड़फोड़ मचा हुआ है।...आज सुबह होते ही उसके दरवाजे पर ढोल बजेगा। पूजा होगी। दस बजे वह यात्रा करेगी। अनूप साथ रहेगा। बाबूजी साथ रहेंगे। मुंसिफ साहब और सब-डिविजनल ऑफिसर से, बार-लाइब्रेरी के सेक्रेटरी अनिल बाबू परिचय करवायेंगे।...और, शाम में जो खबर मिली है, वह यदि सच हो तो, पहला मुकदमा गोधनलाल लेकर आवेगा, वकालतनामे पर दस्तखत करवाने? या, कोई तमाशा तो नहीं खड़ा करेगा?

एलार्म घड़ी अचानक घनघना उठी। कुंतला डर गयी। हड़बड़ाकर उठ बैठी। चार बज गये। सारी रात जगी रही।...ओ गोधन! यह तुमने क्या किया! तुम शराबी हुए, जुआरी हुए, डकैत हुए—मेरे ही लिए तो? लेकिन, यह तुमने क्या किया? छबि? वह छोकरी? राय-परिवार की उस लड़की को तुमने बचपन में यदि देखा होता! सारे सिर में घाव, पिचपिचाती हुई आँखें और गंदे फ्राक में—गंदी लड़की, और उसका नाम छबि! हुँः छवि!

कुंतला के सामने से सोलह साल पुरानी छबि की तसवीर को किसी ने हटाकर, तुरत जवान हुई छबि की छवि आँक दी—शुभ्र, खादी-परिधान...रजनीगंधा की टटकी कली-जैसी! तेज छुरी-जैसी नाक...कुंतला की छाती पर छुरी रख कर छबि खड़ी मुसकरा रही है। छबि?...कुंतला चौंक उठती है...नहीं, छाती पर उसका अपना ही हाथ है। और हाथ में है उसकी अपनी कलम। वह एलार्म लगाकर सोयी थी। जगकर, ब्राह्मवेला में नयी जिन्दगी की डायरी का पहला पृष्ठ लिखेगी। क्या लिखे कुंतला? किससे पूछे? अनूप होता तो जाकर

पूछती, जगकर–अनूप! बोलो तो, क्या लिखूँ? अनूप आँखें मलता हुआ, झुँझलाकर जवाब देता–मेरा सिर! लेकिन, कल उसने भी सिर मुड़ा लिया। सचमुच संन्यासी हो गया, गाँव में होमियोपैथी दवा बाँटकर लोक-कल्याण करेगा? दरिद्रनारायण की सेवा करेगा? गोधन जनता की सेवा करेगा? बिजली देश की सेवा करेगी...छबि गोधन की सेवा करेगी...सेवा...सेवा...सेवा! गोधन सेवा करेगा राय-परिवार के हर प्राणी की। बिजली की काकी माँ के मुँह में पान-दोख्ता डालकर कुंतला से कहेगी-तुमी उकालती केन कोरछो; तुमी अभिनेत्री हउ, फिलिमें आउ[1] हुँः वह फिलिम में जायेगी और राय-परिवार की छोकरियाँ स्वर्ग की रचना करेंगी–बैरगाछी में! इन्द्रपुरी...इन्द्र!

काली बाज़ार का पगला किकिया उठा! अब मुर्गा बाँग देगा। कुंतला उठ बैठी। गोधन क्या जाने, उसको क्या पता कि कुंतला आज तक अपने को गोधन के नाम पर ही बचाकर रखती आयी है। वह जिस दिन चाहती...नहीं, गोधन का क्या कसूर? सारा दोष उसके पिता का है। नहीं, बड़े भैया का! नहीं, बड़ी भाभी का!...नहीं, नहीं, दोष किसी का नहीं! सिर्फ, कुंतला दोषी है। गोधन, तुमने यह क्या किया? तुम सबकुछ होते, लेकिन तुम सोशलिस्ट क्यों हुए? नहीं, सोशलिस्ट होना पाप नहीं। तुम...तुम...यह क्या हो गये?

कुंतला अब फूट-फूटकर रो पड़ी!...उसका सबकुछ लुट गया। उसके लिए पागल होकर मारा-मारा फिरनेवाला, बरबाद होनेवाला, बदनाम होनेवाला गोधन, अब उसका नहीं!

ट्रिंग-ट्रिंग...दीदी!

सनेही आया है, सुबह-सुबह। कुंतला का दिल धड़क उठा, शायद गोधन की कोई खबर लेकर आया। नहीं, नहीं, सनेही आया है पंडितजी को लेकर।

पूजा होगी न। और, सनेही ही उसका मुहर्रिर होगा। बाबूजी ने कहा– आओ, सनेही!

1. तुम वकालत क्यों कर रही हो? तुम अभिनेत्री बनोफिल्मों में जाओ।

पल्टू बाबू अपने दाँत के सेट को साफ कर रहे हैं।

आज न जाने क्यों, उनको बार-बार उस चीनी डॉक्टर की याद आती है। दाँत बनानेवाला डॉक्टर। कुंतला के साथ में जो नौजवान आया है, वह क्या नाम है उसका...अनूप! उसका मुँह उस डॉक्टर से मिलता-जुलता है न! संन्यासी हो गया? अखिलानंद...स्वामी अखिलानंद। फेला भी संन्यासी हो जायेगा शायद। दिन-रात आश्रम में ही रहता है, सुना है।...कोई कुछ हो। पल्टू बाबू ने मुँह में दाँत के सेट को बिठा लिया।

अभी भोलासाही बाबू के यहाँ जाना है। कुंतला आज पहली बार कचहरी जायेगी। पल्टू बाबू भी निमंत्रित हैं। भोलासाही बाबू ने बार-बार कहा है—भाई रे, आना जरूर। पल्टू बाबू जरूर जायेंगे। उत्सव के उपयुक्त वस्त्र क्या होगा? बंद गले का कोट? धोती...?

पल्टू बाबू जूतों पर पालिश करने बैठे हैं। कुंतला काला गाउन पहनेगी तो? देहात के मुकदमेबाज जब औरत-वकील को देखेंगे तो आँख फाड़कर देखते ही रहेंगे। गवाह बेचारा रटाया हुआ जवाब भूल जायेगा। वादी-फरियादी के साथ हाकिम की कलम भी जिरह के समय इधर-उधर बहक जायेगी।

पल्टू बाबू मन-ही-मन हँसे। खूब होगा! कुछ दिनों तक एक तमाशा रहेगा। इस सब-डिविजनल कोर्ट में क्या धरा है जो यहाँ वकालत शुरू करने जा रही है? और यहाँ के फौजदारी मुकदमे—चोरी से लेकर चमचोरी तक। कैसे ठठेगी, ऐसे मुकदमों में?...फैजू बाबू मुख्तार की तरह वह जिरह कर सकेगी?...हाँ। इधर देखकर बोलो। जब वह तुम्हारे घर में घुसा तब तुम क्या कर रही थीं? ठीक है, सोयी थी न। नींद से, या...? तुमको कैसे मालूम हुआ कि तुम्हारे घर में आदमी घुसा है? घर में रोशनी नहीं थी। तब? तुम्हारी देह पर हाथ दिया? कहाँ हाथ दिया? चुप क्यों हो, बोलो! तब क्या हुआ? और क्या?

पल्टू बाबू पुराने शौकीन माने जाते हैं, इस शहर के। आज उनको देखकर नौजवानों के दिलों में फिर खुजली होगी। पल्टू बाबू नहीं, इन्द्र! हाँ, हाँ, पल्टू इन्द्र है। यह शहर इन्द्रपुरी हो या नहीं, यह परियों

का नगर जरूर रहा है। शुरू से ही।...अस्पताल की लेडी डॉक्टर... प्रमोद बाबू की बेटियाँ...भोगेश्वरी बाबू की स्त्री...हारान बाबू की बेटियाँ और बेटों की स्त्रियाँ...राय-परिवार की...।

पल्टू बाबू पर आँखें गड़ी हैं, उँगलियाँ नहीं उठी हैं कभी। हाँ, एक बार। स्कूल के हेड-पंडित ने उनको जानवर कहा था। उन दिनों की बात? पल्टू बाबू मन-ही-मन लज्जित होते हैं उन दिनों की बात याद करके। न जाने क्या हो गया था कि कोई औरत अच्छी ही नहीं जँचती थी। औरतें जी से उतर गयी थीं।...हेड-पंडित था हॉस्टल-सुपरिंटेंडेंट। बहुत बड़ा गार्जियन। लेकिन, पल्टू बाबू ने उसकी आँखों में धूल झोंककर...।

हेड-पंडित ने उनको गाली दी थी। लेकिन, उसी सप्ताह बोरिया-बिस्तर बाँध कर भागना पड़ा था हेड-पंडित को।...बदनाम होकर! मार खाकर!!...बेचारा!

यह, कुंतला! इस बार, न जाने क्या बात है कि कुंतला सपने में सताने लगी है, पल्टू बाबू को! रोज इधर से एक चक्कर लगाकर घर लौटते हैं। वह...क्या नाम है उस संन्यासी लड़के का...अनूप! वह भी आवेगा आज?...

—हजूर! रमजनवाँ टमटम लेकर आ गया।

पल्टू बाबू को देखकर आज रमजनवाँ भी अवाक् हो गया है।... एकदम दूल्हा बाबू!

बिजली कहती है छबि से—देख, छबि! तुमसे एक बात कहनी है। यों काका बाबू ने तुमको और घंटा से कभी कुछ नहीं कहा लेकिन तुम दोनों से इस घर का कोई भी खुश नहीं। गोधन के चलते, घंटा भी पुलिस की निगाह पर चढ़ गया है। मैं इतने दिनों से कांग्रेस का काम कर रही हूँ। कभी तो मुरली-दा के साथ देहात की सभा में नहीं गयी। और तुम एक महीने में ही सारे जिले का दौरा कर आयीं।...सारे जिले में हमारे परिवार की बदनामी।

छबि अब बोलने लगी है, बात काटकर—बदनामी आज से नहीं... बहुत पुरानी बदनामी है, यह तो। यह नहीं होता तो तुम बैरगाछी में पड़ी नहीं रहतीं आज। किसी कोयला-खान के मालिक की बहू बनकर घर-गृहस्थी सँभालतीं।

बिजली अवाक् होकर छबि की बात सुन रही है।...कुछ ही दिनों में क्या से क्या हो गयी है यह लड़की! ठाकुर-देवता नहीं मानती है। कहती है—मनुष्य के मानसपुत्र हैं ये। नये-नये शब्द व्यवहार करती है, बातचीत के सिलसिले में।...और कुछ हो या न हो, गोधन की कृपा से एक छोटी-सी लायब्रेरी तो घर में जरूर हो जायेगी। रोज पाँच-सात किताबें आती हैं वी. पी. से। बाहर जाते समय हाथ में एक किताब जरूर ले लेती है, छबि। विदेशी सेन्ट लगाती है। घंटा ने पाइप पीना शुरू किया है और दिन-रात खद्दर का सूट पहने रहता है।...

—अद्‌भुत!

छबि बोली—की अद्‌भुत? निजेर बेला लीला-खेला, आमादेर बेला पाप![1] छबि चली गयी। बिजली चुपचाप खड़ी रही। काकी माँ पुकारती है—बिजू! जाबिना कुंताभा के देखते?[2]

फूलबागान के फाटक पर एक नयी जीप-गाड़ी का हॉर्न बजा...कर्कश सुर में। गोधन ने पार्टी के लिए गाड़ी-जीप खरीदी है! छबि दौड़ी आयी—गोधन-दा, उतरोगे नहीं?

गोधन के साथ कॉमरेड निडर भी उतरे। घंटा, आजकल पाइप पीता है।

गोधन ने छबि से पूछा—काका बाबू कहाँ हैं?

छबि ने जवाब दिया—हठात् काका बाबू को क्यों खोज रहे हो?

—काम है।

—मैं जानती हूँ।

दूसरे कमरे में घंटा और कामरेड निडर में किसी बात पर बहस हो गयी। रमा और कना आँगन के बरामदे पर 'साँप-सीढ़ी' खेल रही

1. अपनी दफा लीला खेल, हमारी बार पाप। 2. बिजली, कुंता को देखने नहीं जायेगी?

हैं। काकी माँ मछली खरीद रही है। रामटहल झग्गर में रस्सी बाँध रहा है—कुएँ से बाल्टी निकालनी है।...रमा और कना दौड़ी—झग्गर से बाल्टी निकालने की विधि देखने के लिए!—देखबि एखन, कान धरे टेने आनबे बाल्टीर![1] रमा बोली धीमे स्वर में—कना! उइ देख...वह देखो। उधर किस तरह झग्गर कान पकड़कर ला रहा है!

कना ने देखा, छबि के पीछे-पीछे गोधन ऊपर की सीढ़ी पर चढ़ रहा है। कना हँसी—झग्गर! किन्तु, तुरत ही वह उदास हो गयी! रमा भी उदास हो गयी। दोनों ने एक-दूसरे को देखा और फिर 'साँप-सीढ़ी' खेलने बैठ गयीं। छबि समझा रही है गोधन को—गोधन-दा! क्यों बेकार फेंक रहे हो 'टाका'?

गोधन ने कहा—काका बाबू ने बार-बार उस दिन सुनाया कि... रुपये की 'भीषण' जरूरत है। और, काका बाबू को दस हजार रुपया देने का मतलब फेंकना कैसे हुआ?

छबि बोली—पीछे मुझे दोष मत देना।

छबि किसी का पैसा बरबाद होता नहीं देख सकती।...अपना पैसा? छोटी उम्र से ही उसको पैसे बटोरने का शौक है। जब कभी एक-दो आने पैसे मिले, छबि ने उसमें से कुछ-न-कुछ जरूर बचाया है। पहले मिट्टी का एक अंधा बक्सा था। इसके बाद, लकड़ी का। फिर, लोहे का। छबि ने हजारों बार कल्पनालोक में देखा है—उसका मिट्टी का अंधा बक्सा धीरे-धीरे इतना बड़ा हो गया है मानो धान रखने का 'बखार' हो। बखार-भर रुपये!!...सुना है, गोधन का बाप बखार-भर रुपया छोड़ गया है।

गोधन ने काम की बात शुरू की—छबि? आज...अभी...अभी। वह तुतला कर चुप गया। उसने जेब से एक डिबिया निकाली और छबि की ओर देखा।

—क्या है? छबि गोधन की आँखों को ही देखती है, हमेशा!... आंग्टी? किसके लिए? किसलिए??

गोधन ने कहा—लो, पहन लो। देखो, इस पर अपनी पार्टी का चिह्न अंकित करवा दिया है—हलचक्र!

1. अभी देखेगी, बाल्टी का कान पकड़ कर ले आयेगा।

छबि, अँगूठी देखकर चमत्कृत हुई। चक्र में छोटे-छोटे पत्थर जड़े हुए हैं। वह बोली–तुम क्यों नहीं पहना देते?

गोधन का पुरुष इस बार जगा। उसने पूछा–पहना दूँ!...पहना दूँ? छबि ने बढ़ते हुए हाथ को हठात् समेट लिया। बोली–नहीं, नहीं। मैं अँगूठी नहीं लूँगी।

सीढ़ी पर किसी का पदचाप सुनाई पड़ा और छबि जरा दूर हटकर कुर्सी पर बैठ गयी। गोधन को पॉकेट में डिबिया डालते हुए देख लिया लट्टू बाबू ने...किन्तु।

लट्टू बाबू को देखते ही गोधन उठ खड़ा हुआ।

–प्रणाम, काका बाबू!

छबि विहँसकर बोली–उई देखो...गोधन-दा ने क्या किया है! तुम उस दिन इनके सामने क्या बोले और आज हाजिर हैं तुम्हारी सेवा में!

लट्टू बाबू ने समझा ही नहीं, मानो। बोले–की बोललाम आमी?[1]

गोधन ने सलज्ज भाव से कहा–उस दिन आपने कहा था न? तो, अभी तो दस हजार ही हैं मेरे हाथ में।

लट्टू बाबू का चेहरा गुलाबी हो गया तुरंत–आरे?

गृहस्वामिनी ने नीचे से पुकारकर कहा–छबि! गोधन को अभी जाने मत देना। मछली की भाजी बन रही है!

गोधन अभी एक जरूरी काम से जा रहा है। लौटकर आवेगा, तो दोपहर का भोजन यहीं करेगा।...काम? याने, पार्टी की ओर से एक बकाश्त-आन्दोलन के मुकदमे के वकालतनामा पर महिला-वकील से दस्तखत करवाना है। जिस कलम से वह दस्तखत करेगी वह गोधनलाल के पास है। नयी कलम–पार्कर-51!!...इसलिए, वहाँ जाने के पहले छबि को अँगूठी देने के लिए वह आया था। लेकिन, छबि तो नीचे चली गयी। लट्टू बाबू ने कहा–काम है तो जाओ। लेकिन, मछली की भाजी तो तैयार हो गयी है, शायद। चाय के साथ... अरे ओ छबि! कहाँ गयी? अच्छा, तुम बैठो। मैं छबि को भेज देता हूँ।

---

1. मैंने क्या कहा था?

रामटहल ने प्रसन्न होकर कहा—ई झग्गरो खूब है!...बाल्टी के साथ, हे-हे देखिए कब की डूबी हुई पीढ़ी। बाबाजी! बाल्टी निकैल देलौं। हे लिय! फाव में पुरनका पीढ़ियो ऊपर भअ गेल!!

छबि ऊपर आयी। गोधन ने डिबिया निकालकर फिर पूछा—बोलो, पहना दूँ?

—आमी जानी ना![1]

सफेद जरीदार साड़ी पर काले अलपा का एक कोट! गले में सफेद पट्टा नहीं बाँधेगी कुंतला। उसने अनूप के साथ मिलकर अपनी पोशाक की परिकल्पना की है।

पल्टू बाबू एकटक देख रहे हैं कुंतला को। कुंतला बार-बार सिहर जाती है। कई बार उसकी आँखें टकरा गयीं। एकाध बार उसने अपने क्रोध को नथुने पर लाकर कुछ कहा भी। लेकिन पल्टू बाबू की नजर?...अजगर की आँखें??

पंडितजी ने शंख बजाकर शुभ-क्षण की घोषणा की। पल्टू बाबू ने कहा—कुंतला! मैंने देख लिया है, तुम्हारा भविष्य! मैं कहूँ? तुम चाहो तो इस इलाके का ही नहीं, इस जिले का, इस प्रांत के बड़े वकीलों में...।

भोलासाही बाबू ने गद्‌गद होकर कहा—यही आशीर्वाद दो, भाई रे!

—आशीर्वाद? पल्टू बाबू बोले—इसको कौन आशीर्वाद देगा, भोलासाही बाबू? यह तो सब आशीर्वाद है।...सुनो, कुंतला! तुम्हारा यह मुहर्रिर, जो तुम्हारा भाई ही है, इसको भी रखो। लेकिन, एक प्रचारक...एक करपरदराज ऐसा रखो कि मुवक्किल दूर देहात से तुम्हारा नाम लेकर ही घर से चले।

—प्रचारक या करपरदराज मैं कहाँ ढूँढ़ने जाऊँगी? यह सब तो आपको ही करना है, का...।

1. मैं नहीं जानती।

कुंतला को 'काका' कहने का अवसर नहीं दिया पल्टू बाबू ने। बात को काटते हुए बोले—ठीक है! इसका जिम्मा मैं लेता हूँ।

बाहर गोधन की जीप-गाड़ी आकर लगी।

गोधन को देखते ही कुंतला कुछ उद्विग्न-सी हो गयी। एक अद्‌भुत अवस्था हो गयी उसकी। वह क्या करे? यह गोधन...उसका ही गोधन! पल्टू बाबू फिर आँखें गढ़ाए हुए देख रहे हैं!

गोधन ने पल्टू बाबू की चरण-धूलि ली। कुंतला के मन में हुआ, वह दौड़कर गोधन की चरण-धूलि क्यों नहीं ले लेती? गोधन चुप खड़ा रहा। पल्टू बाबू ने कहा—देखो, कुंतला! गोधन क्या कांड करने आया है! न जाने कहाँ से इस गँवार लड़के की बुद्धि में ऐसी-ऐसी बातें फलती हैं? लो, इस कलम से दस्तखत कर दो वकालतनामा पर और यह कलम तुम रखो अपने पास!

भोलासाही बाबू ने अपनी प्यारी बेटी को बढ़ावा दिया—लो! शुभ काम में देरी नहीं करनी चाहिए। कर दो दस्तखत।...क्यों बाबू! वकालतनामा पर टिकट है न?

यह क्या तमाशा है?...कुंतला नर्वस हो गयी है। वह गोधन की आँखों से आँखें मिलाकर, आँखों से ही पूछती है—यह क्या तमाशा है? कुंतला ने देखा, कांग्रेस कमेटी की गाड़ी से बिजली और काकी माँ उतर रही हैं।...मिठाई की हाँडी है? कुंतला को छबि की याद आयी। उसने गोधन के हाथ से कलम लिया। उसकी उँगलियाँ तनिक थरथरायीं, फिर उसने वकालतनामे पर दस्तखत कर दिया।...ठीक इसी समय। 'दुर्गा-दुर्गा' करता हुआ, अनूप...संन्यासी आया।

बिजली उदास है...!

गुरूदादू ने कुंतला पर नजर फेरी है। अनूप संन्यासी हो गया। फेला अपने परिवार के हर प्राणी को पतित समझने लगा है। छबि सोशलिस्ट पार्टी की हर सभा में गीत गाने जाती है। काका बाबू, अब जूट-मिल खोलने की योजना बना रहे हैं? छोगमल इधर कई दिनों से

बैरगाछी में ही है। 'काम-ज्वर' से पीड़ित है...आता है, ऑफिस में बैठता है और हठात् 'बिजली रानी' कहकर बिजली के पैर पर गिर पड़ता है। बिजली क्या करे? मुरली बाबू अब शायद फूलबागान में पैर नहीं रखेंगे। सबकुछ इस कुंतला के कारण हो रहा है! औरत, फिर वकील!...छबि मरेगी। बिजली जानती है, यह छबि मरेगी।

—छबि रे! बिजली पुकारती है—अच्छा, छबि! बोल तो यह क्या हो रहा है? गोधन ने कुंतला को दामी कलम खरीद दी है। वकालतनामे पर दस्तखत तो नहीं, पुराने संबंध को फिर जगाना है, उसे। और, तुम सभा में गीत ही गाती रहोगी। कुंतला वकील है। वह वकालत करेगी।...तू मरेगी, छबि!

छबि भी उदास थी। गोधन-दा आज भी नहीं आये। घंटा-दा भी नहीं लौटा है। 'उदयेर पथे' तसवीर एक सप्ताह से पूर्णिया में चल रही है। गोधन-दा गाड़ी लेकर नहीं आये। छबि कैसे जायेगी? गोधन-दा ने माँ से कहा था—काकी माँ! तैयार रहना तुम लोग, मैं जरूर आ जाऊँगा, समय पर। अभी तक नहीं आये हैं। और, बिजू-दी आजकल छबि के पीछे क्यों पड़ी हुई है हाथ धोकर? जब-न-तब, बुला भेजती है। मानो, छबि को कोई काम ही नहीं, जवाब देने के सिवा।

बिजली ने कहा—देखूँ तुम्हारी अँगूठी।

छबि चुप खड़ी रही। बिजली ने छबि की उँगली से अँगूठी को निकाल लिया—हलचक्र!

बिजली ने अनुनय-भरे स्वर में कहा—छबि! एक बार वह गीत मुझे नहीं सुनाओगी—ऊर्ध्व गगने बाजे मादल?

छबि बोली—आमार किछुई भालो लागछे ना।...मैं अभी कोई गीत नहीं गा सकती।

बिजली समझ गयी, क्यों नहीं गा सकती है छबि अभी कोई गीत! वह जरा मुसकराकर बोली—अच्छा! वह गीत भी नहीं? वह नया रेकार्डवाला आधुनिक गीत—से केन एलो ना!

—दुत्, तोमार की हये, बिजू-दी, आज के? क्यों ऐसी बातें करती हो?...अरे रे। बिजू-दी!...ए की?

बिजली ने लपककर छबि को छाती से लगा लिया। और इसके

बाद चुम्बनों की वर्षा कर दी बिजली ने, छबि के ललाट पर, गाल पर, ओठ पर...!! दोनों कुछ देर तक निश्चेष्ट पड़ी रहीं, एक-दूसरे की बाँहों में जकड़कर। छबि के हाथ ढीले हो रहे हैं। उसने धीरे-धीरे अपना बंधन ढीला कर दिया। बिजली आँख मूँद कर सिसकियाँ लेने लगी। इस बार छबि ने बिजली को चूमकर प्यार किया। बिजली के हाथ भी शिथिल हुए। छबि लेटी रही। उसका जी हलका हो गया। गीत स्वयं उसके कंठ से फूट पड़ा—बोलो ना, बोलो ना! से केन ऐलो ना? सखि, कथा दिये केन ऐलो ना, से जे कथा दियेउ एलो ना...!!

रामटहल ने बाबाजी के कान में कहा—इयौ बाबाजी! आब ई दुनियाँ सार रसातल...जुलूम बात। एहनो होइछै भला? हम अपन आँखि से देखल बात कहैछी, अप्पन सप्पत! बाप रे बाप!!

बाबाजी ने उसकी बात पर विश्वास करते हुए धीरे से कहा—रोज एक्टा के मुर्गी के अंडा जे चलै छै से कता जेतै हो?

बिजली ने बाबाजी को पुकारकर कहा—चाय का पानी चढ़ा दो!

सब-डिविज़नल ऑफिसर साहब ने बिजली को सब-डिविज़नल विजिलेंस कमेटी का मेम्बर चुन लिया है।

कपड़ा, चीनी, तेल, सीमेंट, पेट्रोल का कोटा देनेवाली कमेटी—विजिलेंस कमेटी!

गोधनलाल ने इस नयी विजिलेंस कमेटी का विरोध किया है—इसमें जनता का एक भी प्रतिनिधि नहीं है। अखबारों में सम्पादक के नाम पत्र प्रकाशित हुए हैं उसके हस्ताक्षर से—सब-डिविजन की जनता के साथ घोर अन्याय!!

घंटा ऐलान कर रहा है—इस नकली विजिलेंस कमेटी के विरोध में—विद्यार्थियो, मजदूरो, किसानो, दुकानदारो, एकजुट होकर नारा बुलंद करो—यह विजिलेंस कमेटी नकली है। इसको तोड़ दो!

—तोड़ दो, तोड़ दो!!

—तोड़ दो, तोड़ दो!!

दो दर्जन विद्यार्थियों का एक जत्था बनाकर घंटा शहर के कोने-कोने में नारा लगाता फिर रहा है—तोड़ दो, तोड़ दो!! हर आदमी के कानों में एक ही आवाज—तोड़ दो, तोड़ दो!!

छबि इस जुलूस में नहीं सम्मिलित हो सकी। गोधन-दा ने मना किया है। वह गोधन-दा के साथ आज पूर्णिया जायेगी, 'उदयेर पथे' देखने। गुरूदादू आये हैं!

गुरूदादू बहुत दिनों के बाद फूलबागान में आये हैं। बिजली मुँह फुला कर रूठने का अभिनय करती है। पल्टू बाबू सबकुछ समझते हैं।

—मेहता कब आवेगा? पल्टू बाबू ने पूछा।

—आमी की जानी?

—तब कौन जानेगा?

बिजली चुप रही। पल्टू बाबू ने कहा—आज ही, अभी एक टेलिग्राम लगा दो। जरूरी काम है!

छबि और गोधन ने आकर प्रणाम किया—गुरूदादू!

पल्टू बाबू ने पूछा—क्या है, छबि?

छबि ने कहा—तुमी कुंतलार मुहरिल होयेछो सुनलाम।[1]

बिजली अवाक् हो गयी...यह छबि आजकल इतना निडर हो गयी है? बेलौस बात सुना दिया?

पल्टू बाबू भी अवाक् हुए। लेकिन, उनकी मुसकराहट मंद नहीं हुई। बोले—ठीक ही सुना है तुमने। मैंने मुहर्रिरी शुरू की है कुंतला की। तुमने ड्राइविंग सीख ली, या सीख ही रही हो?

पल्टू बाबू ने गोधन से कहा—यह तुम्हारी पार्टी की सरासर गलती है। एक ओर तो तुम लोगों का कहना है कि हमारी पार्टी इस 'कोटा-परमिट' के मोह में अपने को नहीं फँसाना चाहती। दूसरी ओर, जब कोई कमेटी बनती है तो उसका विरोध करते हो! यह कैसी बेतुकी बात है?

गोधनलाल ने कहा—हर अन्याय के विरुद्ध नारा लगाना हमारा कर्तव्य है।

पल्टू बाबू कुछ कहते-कहते रुक गये। बोले—पूर्णिया जा रहे हो? मेरा एक काम करते आना...।

पल्टू बाबू बिजली को सबकुछ खोलकर समझा रहे हैं—सारे जिले में कहीं भी, किसी भी सब-डिविज़न में कोई जनाना वकील है? तो,

1. सुना है कि तुम कुंतला के मुहर्रिर बन गये हो?

जब बैरगाछी सब-डिविज़न में पहले-पहल एक जनाना-वकील हुई है तो उसकी मदद करना हमारा काम है। कुंतला की जगह पर कोई और होता, तब भी मैं मदद करता। और मदद क्या करता हूँ!

बिजली बोली–गुरूदादू, एक बात कहूँ? बुरा तो नहीं मानोगे? वह कुंतला तुम्हारा सर्वनाश करेगी। मैं अच्छी तरह जानती हूँ उसको।

पल्टू बाबू हँसे–तुम उसको जानती हो...और मैं उसकी नानी और दादी तक को जानता हूँ।

गृहस्वामिनी सिर पर आँचल डालकर कमरे में आयी–बिजू! गुरूदादे के चा एने दाऊ।

बिजली चाय लाने गयी। वह समझ गयी, आज काकी माँ भी अपने मन का बुखार उतारेगी।

बिजली के जाते ही गृहस्वामिनी के सिर का आँचर खिसककर नीचे आ गया। वह बोली–गुरूदादू! शेषे तुमी उ...तुम भी उस कुंतला और भोलासाही के चक्कर में पड़ जाओगे, इसकी उम्मीद नहीं थी। केन? केन? हमने क्या गलती की है? क्या त्रुटि हुई है, हमारी ओर से।...तुम्हारी कौन-सी इच्छा नहीं पूरी की इस फूलबागान ने? तुम, तुम...गुरूदादू! बिजली से तुम नाराज हो। लेकिन, हमने क्या बिगाड़ा है तुम्हारा? बिजली ने तुम्हारा अपमान किया। तुम उस अपमान को पी गये, और आज, इतने दिनों के बाद उस अपमान का बदला ले रहे हो?...बोलो, अब किसकी पूजा चाहिए तुम्हें?

गृहस्वामिनी बोलती गयी। बोलते-बोलते रो पड़ी।

पल्टू बाबू चुपचाप आराम-कुर्सी पर लेटे रहे।

गृहस्वामिनी आँखें पोंछती हुई चली गयी।

रामटहल कह रहा है बाबा से–बाबाजी! गुरूदादू इस फूलबागान का लक्ष्मी हैं। जहाँ इस तरह कुकरम कांड होगा वहाँ लक्ष्मी कैसे रहे? है कि नहीं?

बाबाजी ने दाल छौंकते हुए कहा–हौ रामटहल, ई कूपक पानिये खराब!

रामटहल ठीक ही कहता है। फूलबागान के स्वामी और गृहस्वामिनी दोनों को विश्वास है–गुरूदादू लक्खी! गुरूदादू की सेवा में कोई त्रुटि नहीं की है, फूलबागान के प्राणियों ने। लट्टू बाबू की बात क्या, लट्टू बाबू के माँ-बाप ने ही पल्टू बाबू को 'लक्खी' समझा था। लेकिन पहली बार गुरूदादू का अपमान किया बिजली ने! पल्टू बाबू भूले नहीं हैं। कोई कैसे भूल सकता है, उतनी बड़ी घटना को?

बिजली किशोरावस्था की सीमा पार कर जवानी में पाँव रख रही थी। फूलबागान में अनार के फले पेड़ के पास बिजली खड़ी थी। छोटी-छोटी पत्तियाँ...लाल-लाल छड़ी-जैसी डालियाँ...और बिजली खड़ी! पल्टू बाबू को प्यास लग गयी थी, शीतकाल में भी।... बिजली...!

इसके बाद पल्टू बाबू की कनपटी हमेशा गर्म रहने लगी। यह जलन...ऐसी जलन...पल्टू बाबू के कनपटी के पास आजकल वैसी ही जलन शुरू हुई है, कुंतला को देखकर।...इस जलन पर कोई सद्यः-प्रस्फुटित पुष्प...कौन फूल...कमल...नहीं, देह का फूल...देह-पुष्प!!

कनपटी पर देह-पुष्प नहीं–दो चोटें!!...बिजली को छूते ही पल्टू तड़प उठे–तड़ाक, तड़ाक!!...असब्बो...नीच-पाजी...बदमाईश छूँछों!!

पल्टू बाबू की कनपटी आज भी जल रही है। गृहस्वामिनी जो अभी तिरिया-चलित्तर दिखा गयी, इसका कोई असर नहीं हुआ पल्टू बाबू पर। पल्टू बाबू उठ खड़े हुए।

रमा आयी–गुरूदादू! बिजू-दी डाकछे तोमा के उपरे!

पल्टू बाबू ने मन-ही-मन कुछ सोचा। फिर सीढ़ी से ऊपर चले गये। आज फूलबागान के प्राणियों ने प्रतिज्ञा कर ली है शायद–गुरूदादू को प्रसन्न करने के लिए जो कुछ भी न्यौछावर करना पड़े।

बिजली जानती है, पुरातन अभिनय के सुर में कुछ कहते ही गुरूदादू सतर्क हो जाते हैं। पुरातन बंगला स्टेज की पात्रियों की भाषा में पल्टू बाबू ने इसी फूलबागान में, बहुत संवाद सुना है। इसलिए बिजली ने सीधी बातें कीं–गुरूदादू! तुमी आमार उपर जाओ नाराज! आज तक नाराज हैं? लेकिन, लेकिन मैं तो चाहती थी कि तुम दो के बदले चार थप्पड़ मेरे गालों पर मारकर मुझे...।

पल्टू बाबू पास की कुर्सी पर बैठ गये। ढेला मारकर आम तोड़ सकता है कोई, अनार नहीं? क्या कह रही है यह लड़की?–गुरूदादू! तुमने तो फिर कभी...?

–चुप रहो! पल्टू बाबू का स्वर बदल गया। इस सुर में जब कभी बोलते हैं पल्टू बाबू, लोग उनका जवाब नहीं देते। चुप हो जाते हैं। बिजली ने किंतु, बोलने की चेष्टा जारी रखी–गुरूदादू! सिर्फ मेरी उस गलती के कारण आज तुम फूलबागान में आग लगाना चाहते हो?

–मैं क्या कर रहा हूँ? यह तुम लोगों को क्या वहम हो गया है? यह मेरी समझ में नहीं आ रहा। कुंतला के यहाँ नहीं जाऊँ? लेकिन क्यों नहीं जाऊँगा, क्यों? और कुंतला के यहाँ जाने का मतलब फूलबागान में आग लगाना कैसे हुआ?

पल्टू बाबू के सामने बिजली चुपचाप खड़ी है, रौंदा हुआ फूल! छोगमल...मुरलीमनोहर मेहता और गोधन? हाँ, गोधन भी। चाँद-सूरज नहीं जानें, लेकिन पल्टू बाबू जानते हैं। बिजली ने गोधन को भी अधरामृत...!!

गुरूदादू? यह क्या? बिजली?– बिजू, क्या कर रही हो? अच्छा, सुनो! एक बात कहोगी, सच-सच?

–कैसी बात? पूछो?

–गोधन तो सोशलिस्ट हो गया है। जब हो गया है, तो हो गया। ऐं? तो वह हुआ सोशलिस्ट! ऐं? तुम हुई कांग्रेस की सदस्या या क्या, जो कुछ भी तुम हो। ऐं? छबि ने एक दिन मेहता का सिर दबा दिया दर्द में, तो तुमने बेचारे को दो महीने का बनवास दिया। और, बेचारी छबि को तुमने पता भी नहीं लगने दिया कि गोधन साँझ से ही तुम्हारे साथ छत पर बैठा है।

बिजली अचरज और लाज के मारे थर-थर काँपने लगी। पल्टू बाबू रुके नहीं–बिजू! तुमने मुझे तमाचा मारकर जितनी गालियाँ दी थीं उतनी गालियों को मैंने रट लिया है। असब्बो...नीच...पाजी बदमाईश...छूँछो! छोगमल तो सुसभ्य है, मेहता महान है, गोधन...।

–गुरूदादू! तुम्हारे पैरों पड़ती हूँ। खमा कोरे दाउ!!

रामटहल ने बाहर से ही कहा–तेतरी दीदी का नौकर आया है...

तेतरी? कुंतला का नौकर आया है पल्टू बाबू को बुलाने। अब पल्टू बाबू यहाँ एक मिनट भी नहीं ठहर सकते।

पल्टू बाबू फाटक से बाहर हुए। सारे फूलबागान ने एक लम्बी साँस ली। लक्खी चले जाच्छे!

घंटा आजकल मौलिक विचारों के फेर में पड़ा हुआ है। विद्यार्थियों के संगठन से छुट्टी मिलते ही वह 'चिंतन' करता है। अब तो प्रतिदिन एक घंटा चुपचाप बैठ कर सोचता है। डेमोक्रेटिक सेक्स वेल्यू!...न, न, डेमोक्रेटिक वेल्यू ऑफ़ सेक्स...यौनविज्ञान डेमोक्रेसी के प्रकाश में... बगैर नये सिरे से सोचे, कोई हल नहीं निकलेगा। आम्रपाली...तो, फिर आम्रपाली युग या परम्परा...न; नः। बीच में यह मद्धममार्गी बुद्ध बेकार क्यों आता है...तो, बिजली और कुंतला और छबि या कोई भी सुन्दरी, नगर-सुन्दरी हो सकती है जिस पर सबका अधिकार...जिस पर सभी अपना अधिकार समझें। लेकिन, प्राप्त हो सिर्फ बलशाली को। बल माने शारीरिक-आर्थिक-सामाजिक, माने वोट! उँहूँ, सब गड़बड़ा गया। फिर मूलाधार पकड़ना होगा। जनतांत्रिक यौन-दृष्टि! डेमोक्रेटिक सेक्स वेल्यू...।

नीचे, कुत्ता काँ-काँ-काँ-काँ कर चीखा। उसके बाद बाबाजी की किकियाहट–आहि रे बाप! मरि गेलौं, मरि गेलौं!!...फेला ने बाबाजी को मारा है, डंडे से तड़ातड़! फेला, बगल के कमरे में दौड़कर घुस जाता है और कना को पीटना शुरू करता है। कना चीख उठती है– बिजू-दी ई-ई-ई...! ओ माँ-ओं-आँ!! घंटा दौड़कर नीचे आता है– फेला! ऐ शोन...शोन...अरे पागल हौली...बली...बलीशोन। घंटा ने फेला के हाथ से डंडा छीन लिया। फेला पागलों की तरह बड़बड़ाता रहा–घंटा-दा! लाठी दाओ।...इसी लाठी से मैं सब गलत को सुधारूँगा। इसी लाठी से...जतसब...!!

कना की पीठ लहूलुहान हो गयी है। वह पलँग के पास खड़ी हिचकियाँ ले-लेकर रो रही है।

बिजली सीढ़ी से नीचे नहीं उतरी। गृहस्वामिनी को रामटहल कुछ कह रहा है, समझा कर! फेला फूलबागान के फाटक से बाहर हो गया।

रमा ने रामटहल की ओर भय-भरी आँखों से देखा!

कुंतला सहाय, बी. एल.!

सनेही मुवक्किलों को समझा रहा है—देखो! फीस का एक रुपया बाकी रखोगे—मुकदमा का एक नुक्स बाकी रख लेगा वकील। चाहे कोई भी वकील हो।

कुंतला चाय पी रही है पल्टू बाबू के साथ अंदर कमरे में।

कुंतला रोज पल्टू बाबू में एक नया गुण देखती है!

पल्टू बाबू की राय मानकर, कुंतला फिटन पर कचहरी जाती है। ट-ड़-रं-ग! ट-ड़-रं-ग!! जनाना वकील की गाड़ी जा रही है। पल्टू बाबू ने कोचवान युनूस को समझाकर कह दिया है—देखो! कंपाउन्ड से बाहर निकलते ही, तीन बार बेल बजाओगे। इसके बाद ठीक 'लम्बा ठाकुर' के होटल के पास एक बार। लोकल बोर्ड के मोड़ पर दो बार, थाना के पास तीन बार। कचहरी कम्पाउन्ड में एक बार। बार-लाइब्रेरी के पास एक बार! समझे! टड़रंग...टड़रंग!!

सभी की निगाहें फिटन की ओर मुड़ीं। लम्बा ठाकुर के होटल में ठहरे हुए देहाती मुकदमेबाज मुवक्किल नहाते, मुँह धोते हुए पैरवीकार—सभी देखते इस जनाना-वकील को। और, कोई तारीफ का पुल बाँधना शुरू कर देता—कमाल की जेहनवाली है।—उस दिन बहस कर रही थी। तारा बाबू वकील को पानी-पानी कर दिया।

टड़रंग!

जनाना वकील। कुंतला देवी...तेतरी दीदी...।

टड़रंग! टड़रंग!!

—हटो सामने से! भीड़ क्यों लगाते हो सड़क पर! युनूस, देहाती

मुवक्किलों को डाँटता है—टुकुर-टुकुर मुँह देखता है बीच सड़क पर खड़ा होकर?

कुंतला मुसकराती रहती है। कृत्रिम बोली में और भी मिठास डालकर कहती है—सड़क पर ठिकाने से चलिए, भाई साहब!

—धन्न है! धन्न है!!...भाई साहब कह दिया?

—नहीं, फेला! इतना उदास होने से काम नहीं चलेगा। अनूप सहानुभूतिपूर्ण भाषा में 'विरक्त फेला' को समझा रहा है—रहना है तो सहना होगा! काका बाबू ने सबसे बड़ी गलती की है, तुम दोनों को कभी हॉस्टल में नहीं रखा।

फेला ने कहा—पढ़-लिखकर ही क्या होगा, अनूप-दा?

अनूप ने कहा—हाँ, यह प्रश्न तुम्हारा सही है। जब मनुष्य अंधगुहा में था तब उसने प्रकाश की कामना की, प्रकाश दो! और, आज प्रकाश के चकाचौंध से ही जब धरती विनष्ट हो सकती है तो...फिर गुहा की ओर!

दोनों हँसे। फेला का जी तनिक हलका हुआ।

—नहीं रे फेला, सब बुरा ही नहीं हो रहा। कुछ अच्छाई भी कहीं-न-कहीं जरूर रही है...पनप रही है।

—नहीं, अनूप-दा! इस गड्डलिका-प्रवाह[1] में।

—इस गड्डलिका-प्रवाह में ही नीलिमा जी रही है, दशरथ बाबू का पूरा परिवार पल रहा है। डॉक्टर हफीज, गाड़ीवान टोले का अकबर और मणि बाबू जी रहे हैं।

फेला का चेहरा अचरज से चमक उठा। बोला—अनूप-दा! कल ही हेरम्ब बाबू का बड़ा बेटा गोरा डेढ़ लाख लेकर आया है, सिर्फ पाँच महीने में, आबकारी का हवलदार था। जिस गोरा ने मैट्रिक तक पास नहीं किया, लखपति हो गया है। मामा सबसे बड़ा ऑफिसर था। हिम्मत से काम किया और अब नौकरी रहे या नहीं रहे, वह लखपति

1. भेड़िया-धसान बाढ़ में।

तो हो गया।...क्यों नहीं पढ़ेगा?

अनूप ने कहा—तुम नीलिमा को जानते हो?

—देबू बाबू की बेटी तो? वह तो पगली है, किंतु...! फेला ने कहा।

—तुमने कभी उसको कोई पागलपन करते देखा है?—अनूप ने पूछा।

फेला बोला—देखा नहीं, सुना है। हाँ, देखा भी है। एक बार परमान के किनारे टहल रहा था। वह बालू पर कुछ खोजती जा रही थी। हँसती जा रही थी, बहुत दूर तक चली गयी। ऐसा लगता था कि किसी के पैरों की छाप...?

अनूप हँसा—तुमने ठीक समझा है। वह कह रही थी, बालू पर लोमड़ी अथवा किसी रेंगनेवाले, पाँववाले कीड़े के पद-चिह्नों का पीछा करना उसे बहुत प्रिय है! लेकिन, यह पागलपन कैसे हुआ?

फेला ने हिम्मत से काम लिया—अच्छा, अनूप-दा! एक बात बताओ तो। एक ओर तो तुम संन्यासी का बाना धारे हुए हो। दूसरी ओर, इस 'आय-माय' जाति से इतना हेल-मेल! मेरी बुद्धि में जितना अँटेगा, उतना-सा ही समझूँगा न...मैं समझ नहीं पा रहा हूँ।

अनूप हँसा—यदि 'आय-माय' से हेल-मेल नहीं रखूँगा, तो भीख कौन देगा? पुरुष? और तुम्हारे जैसे विरक्त छोटे भाइयों को कौन समझाएगा, कैसे समझा सकूँगा कि सबकुछ बुरा नहीं हो गया! फिर, मैं संन्यासी हो गया हूँ...यह कहना तो गलत है। संन्यासी होना खेल नहीं। आश्रम के नियमों का पालन करने में मैं असमर्थ हूँ। इसलिए स्वतंत्र हूँ, गाँव में होमियोपैथी दवा बाँटूँ अथवा रामायण-पाठ करूँ। लेकिन नीलिमा के घर एक दिन तुमको ले चलूँगा।

फेला ने कहा—चलूँगा।

अनूप गंभीर हो गया। थोड़ी देर तक कुछ सोचने के बाद उसने कहा—और हम-तुम साक्षी रहें—एक बहुत बड़ी बात के!

—किस बात की साक्षी?

—आज नहीं बताऊँगा! बिजली से कह देना, मैं कल नहीं आ सकूँगा उधर।

पल्टू बाबू ने जब बिजली को इस्तीफा देने की सलाह दी तो बिजली तिलमिला उठी—ना, ना! आमि मेहता के बिना...मेहताजी से पूछे बिना मैं कुछ नहीं कर सकती।

पल्टू बाबू ने समझ लिया, बिजली क्यों बार-बार मेहता का नाम ले रही है।

—तो, मैंने तो उसी दिन तुमसे कह दिया था, मेहता को एक टेलीग्राम लगा दो। सुनो बिजली! कल या परसों, किसी दिन गोधन आम-सभा बुला रहा है। सभा में इस विजिलेंस कमेटी पर अविश्वास प्रकट किया जायेगा। प्रस्ताव पास होगा। और, तुम्हारा उदाहरण उनकी बात को बल देगा। सीमेंट-लोहा-कोयला की एक प्राइवेट कंपनी के साझीदार की भतीजी हो तुम। उस कंपनी में काम भी करती हो। इधर विजिलेंस कमेटी में भी सदस्य रहोगी, यह संभव नहीं। तो, बाध्य होकर निकलने से पहले स्वयं निकल आना बुद्धिमानी है।

पल्टू बाबू उठे। पाँच बज रहे हैं। कुंतला कोर्ट से वापस आ गयी होगी।...चाय पिये बगैर बैठी रहेगी जब तक पल्टू बाबू लौटकर न जायेंगे।

बिजली टेलीग्राम लिखने बैठी—कम शार्प...।

फेला कना को आज बहुत प्यार से बुला रहा है।

—ओ कना!

कना लाज और डर से सिमटी खड़ी है। फेला की आँखें डबडबायी हुई हैं; उस दिन मारकर आज पछता रहा है—देखूँ; पीठ में दाग! लेकिन, कना रे! तोमरा सवाय गोल्लाय चले जाबे...यह कैसे देख सकता हूँ?

रमा आयी—फेला-दा! आमादेर...हम लोगों को भी आश्रम में ले चलो न एक दिन!

फेला ने पूछा—अच्छा! तुम लोगों ने रामायण-महाभारत पढ़ा है?

रमा चुप रही। कना ने पूछा—कौन रामायण?

फेला बोला—कृतिवास अथवा तुलसीदास का नाम सुना है तुम लोगों ने?

—नहीं। दोनों ने एक सीधा-सादा जवाब दे दिया।

फेला हँसा। महाभारत की बात अब क्या पूछें? उसने कहा–देखो कल से मैं रोज रामायण और महाभारत पढ़कर सुनाऊँगा। एक दिन रामायण और दूसरे दिन महाभारत!

फेला ने अपने पॉकेट से एक छोटी-सी किताब निकाली–अच्छा, यह तसवीर किसकी है, पहचानो तो?

–साधु की। दोनों ने फिर सीधा-सा जवाब दिया। दाढ़ीवाला साधु ही हो सकता है।

फेला ने किताब का दूसरा पृष्ठ उलटाया–और, इन्हें तो जरूर पहचानती होगी तुम?

दोनों लड़कियों ने तसवीर को गौर से देखने की मुद्रा बनायी–हाँ, हाँ। पहचानती हूँ...क्या नाम भला, विवेकानन्द...सामीजी!

फेला का मुरझाया हुआ मुखड़ा जरा चमका। बोला–खैर। गुरु को नहीं, शिष्य को तो पहचाना तुमने। तुम लोगों ने परमहंस देव रामकृष्ण का नाम कभी नहीं सुना? ठीक कहते थे अनूप-दा।...हम साक्षी हैं, प्रवासी-बंगालियों के इतिहास के। क्रमशः ह्रास होनेवाले एक चरित्र का यह चल-चित्र!...आज से सत्तर-अस्सी साल पहले, इन इलाकों पर बंगालियों का राज था। हाकिम-हुक्काम, डॉक्टर-मास्टर-वकील, दुकानदार-व्यवसायी, स्टेशन-मास्टर से लेकर डाक-बाबू–सभी बंगाली। जिले के सभी सब-डिविजन पर बंगाली-शासन। इस इलाके के लोग बंगालियों को गोरी चमड़ीवाले अंग्रेजों से एक दर्जा ही कम समझते थे। शहर के इन हाकिम-हुक्कामों ने दूर-देहात तक की सीमा तक अपना प्रभाव फैला रखा था। गाँव और जमींदारियाँ भी इन्होंने खरीदीं। और तम्बाकू का व्यापार तक नहीं छोड़ा। स्वदेशी-आन्दोलन के युग में रहनुमाई भी इसी वर्ग ने की, पहले-पहल।...रेलवे का नाम था ईस्टर्न-बंगाल, और रेलवे के हर विज्ञापन में अँगरेजी के बाद बंगला का स्थान होता। अँगरेजी और बंगला में शुद्ध-शुद्ध लिखकर हिन्दी-उर्दू विकृत और भ्रष्ट करके इश्तहार टाँगते थे–अपना टीकट आप खरीद। माल का उपर नजर राख। जुयाचोर, चोर आउर पाकेटमार नजीक हाय।...अँगरेजों की तरह, बंगाली-भाइयों ने भी यहाँ के साधारण-जन को 'जानवर' से अच्छी कोई दूसरी संज्ञा नहीं दी। और, जहाँ भी ये बसते वहाँ अपना

निजी संगठन सुदृढ़ रखते। दुर्गा-पूजा, काली-पूजा तथा अन्य अवसरों पर कोलाकोली[1] किसी स्थानीय व्यक्ति से कभी नहीं करते।...एक बंगाली परिवार के लड़के-लड़की का अभिभावक हर बंगाली होता। शाम को अकेले इधर-उधर घूमनेवाले लड़के पर यदि धन्नू (जो म्यूनिसिपिलटी में मशालची का काम करता) की भी निगाह पड़ जाती, तो वह डाँटकर कहता—की रे! एदिके कोथाय?...थामो, तोमार बाबा के बोलते होबे। सारे बंगाली-समाज का पिद्दी यह धन्नू, यह भी किसी लड़की को रास्ते में हँसते देखकर झिड़की दे सकता था—की रे! हाँसछिस जे बड्ड।...बेसी हाँसले, दाँत पोड़े जाबे...माने हँसने से दाँत टूट जायेगा...मारकर दाँत तोड़ दूँगा।

किंतु, कहते हैं कि यहाँ के बड़े और विज्ञ बंगालियों का कहना है कि राय-परिवार के फूलबागान ने ही, ऐसे परिवारों ने उस 'इंटिग्रिटी' को समाप्त किया।...पल्टू बाबू के हमारे परिवार में प्रवेश को ही बैरगाछी-बंग-मिलन-संघ के भंग होने का प्रथम कारण मानते हैं। लेकिन, पूर्णिया-कटिहार-किसनगंज में? वहाँ किसने इस संघ के कार्यक्रम में बाधा डाली? नीलिमा-दी को यहाँ के एक मैथिल युवक से प्रेम हो गया! घरवालों ने प्रेम को पनपने का मौका दिया। फिर, एक दिन हाथ में खड्ग लेकर खड़े हो गये—नीलू! तुमी क्रिस्तान हऊ मोछलभानेर संगे बिये कोरो, तुमी ब्राह्मो हये जाउ। लेकिन, इस मैथिल ब्राह्मण के गँवार लड़के से संबंध! हरि बोल, हरि बोल!! वह नीलिमा-दी आज तक उस प्रेम की ज्वाला में जल रही है। प्रेम के पवित्र नाम को उन्होंने आज तक कलंकित नहीं होने दिया। आज भी, सुशील झा की तसवीर से जी बहला रही है। आजीवन कौमार्य? सुशील झा के दोनों लड़के, जो यहाँ के स्कूल में पढ़ते हैं, उनकी आँखों की मणि हैं। रोज एक बार से जी नहीं भरता है। कहती है—सुबह-शाम आया करो, तुम दोनों! सुशील झा को फेला ने देखा है। मदनपुर मिडिल स्कूल का हेडमास्टर सुशील झा। कुमारी नीलिमा दास गुप्ता उसकी तथा उसके परिवार के हर प्राणी की मंगलकामना करती है, रोज। सुशील झा आनन्द से है। आज हर क्षेत्र से हमें उखाड़ा जा रहा

1. गले से गले मिलना।

है। उखड़ रहे हैं हमारे भाई लोग। जमीन में जड़ नहीं तो उखड़ेंगे ही। बंग-प्रभुत्व के दिन लद गये, इसे लदना था। कब तक यह चलता?... लेकिन, लेकिन...कोई बंगाली परिवार अपने बच्चों को कृतिवास रामायण का नाम तक नहीं सुनने का अवसर दे और, इतने दिनों तक बिहार के इस भूखंड का रस चूसकर भी जो तुलसीकृत रामायण के रस से वंचित रहा, ऐसी जाति?...सारे जिले में बस एक या दो सज्जन मिलेंगे जिन्होंने तुलसीकृत रामायण का अध्ययन किया हो। लेकिन, हमारे पास इसके प्रमाण हैं कि दूर देहात में कृतिवासी और काशीरामदासी महाभारत की पंक्तियाँ आज भी लोगों के कंठों में हैं—अर्थ के साथ!!...फूलबागान पर ही सारा दोष मढ़कर अपने को पापमुक्त समझनेवाले लोगों से फेला एक दिन जमकर बहस करना चाहता है।

फेला ने निश्चय किया है, वह हॉस्टिल में रहेगा। यह डेली-पैसेंजरी अब नहीं होगी। बस से भी नहीं जायेगा। वह कॉलेज-हॉस्टिल में रहेगा। घंटा की बात घंटा जाने।

घंटा अपनी बात कहता है—मैं अब नहीं पढ़ूँगा। सिर पर इतने कामों का बोझ लेकर पढ़ना अब असंभव है। और, पढ़कर होगा भी क्या? विद्यार्थियों का संगठन मेरे हाथ में। प्रिंसिपल और प्रोफेसर लोग मुझसे डरते हैं। जिस दिन चाहूँ, जिनको चाहूँ, 'मुर्दाबाद' बना सकता हूँ, तो अब पढ़कर होगा क्या? प्रोफेसर बोलेगा—मैं जो अर्थशास्त्र पढ़ाता हूँ, वह ठीक है। मैं कहूँगा—सब पूँजीवादी-अर्थशास्त्र के सिद्धांत गलत हैं। बहस करूँगा और हारूँगा नहीं। फिर लड़ाई हो या संधि... कुछ होकर रहेगा। तो, अब पढ़कर क्या होगा?

मेहता ने कहा—पल्टू बाबू ने ठीक ही कहा है। तुमको इस्तीफा देना पड़ेगा, चाहे विजिलेंस कमेटी से दो, अथवा सप्लाइंग कम्पनी से। लेकिन, तुमने देरी क्यों कर दी? आज सोशलिस्ट पार्टीवालों की सभा है। इस सभा के बाद तुम्हारा त्याग-पत्र देना...।

बिजली बोली—यही तो मैं भी कह रही हूँ कि अब इस्तीफा देना

ठीक नहीं होगा।

मेहता ने सिर खुजलाते हुए कहा—नहीं, बिजू रानी! इस्तीफा तो देना ही होगा। और एक बात। काका बाबू को तुम जरा समझा देना!...हर जगह वह मेरे नाम को एक्सप्लाइट करते हैं। यह अच्छी बात नहीं।

—काका बाबू ने क्या किया? बिजली ने अचरज-भरे स्वर में पूछा।

—यह काका बाबू से ही पूछना। मेहता के चेहरे पर अप्रसन्नता की झलक स्पष्ट हो गयी।

बिजली कुढ़कर बोली—मैं बुझौवल नहीं बूझना चाहती। जो बात है, साफ-साफ खोलकर कहते क्यों नहीं?

—साफ-साफ क्या कहूँ? वह मेरे नाम का नाजायज फायदा उठाने से कहीं बाज नहीं आते। सरकारी दफ्तरों से लेकर प्राइवेट कंपनियों और रेलवे-दफ्तर तक में मेरा नाम लेकर वह काम करवाते हैं। यह क्या अच्छी बात है, तुम्हीं बोलो? मेहता ने अंतिम वाक्य समाप्त करते हुए बिजली की पीठ पर हाथ रखा। बिजली छिटककर अलग बैठ गयी।

—कौन बात अच्छी है या कौन-सी बात बुरी—यह हम क्या जानें?...तुम्हारे कारण मेरी बदनामी, हमारे परिवार की बदनामी सारे जिले में हो रही है। हमने तो कभी अच्छी-बुरी बात का सवाल नहीं उठाया।

मेहता ने समझ लिया, बिजली बहुत दुखी है, किसी कारण से। बिजली के व्यवहार से उसे अचरज हुआ। बिजली उठी और जाने लगी कमरे से। मेहता ने चतुराई से बात को बदलने की कोशिश की। लेकिन बिजली की आँखें डबडबा आयीं। मेहता से नहीं देखा गया, यह मुख बिजली का। उसकी निगाहें झुक गयीं।

फुटबाल मैच में जीतने के बाद जो 'हुर्रा' का नारा लगाया जाता है, उसी वजन का नारा फूलबागान के फाटक पर लगा—हुर्रे-रे-रे-रे-रे!!

घंटा उच्च स्वर में ऐलान करता है—एस. डी. ओ. को हमारी माँग

के सामने झुकना पड़ा!...घुटने टेक दिये। विजिलेंस कमेटी भंग हो गयी। हुर्रे-रे-रे-रे-रे!!

मेहता के ललाट पर पसीने की बूँदें जगमगा उठीं!

बिजली रो पड़ी!

इसी अवसर पर पल्टू बाबू दिखलायी पड़े—मैं जरा समाँ देखने आ गया!

गृहस्वामिनी ने सुना—'तमाशा देखने आ गया' तो बिना कुछ समझे-बूझे बड़बड़ाने लगी पल्टू बाबू को बुलाकर—तमाशा! बड्ड तमाशा देखनेवाला एसेछेन!...फूलबागान नहीं, थियेटर समझते हैं।

पल्टू बाबू अपनी कुर्सी पर बैठते हुए बोले—हाँ, इधर कुछ दिनों से थियेटर नहीं, एकदम जात्रा-नाच शुरू हो गया है।...मैं देखने आया हूँ कि एक ही परिवार में, साँप-मोर-बकरी-बाघ किस तरह दिन काट रहे हैं! ऊपर के एक कमरे में रहती है कांग्रेस की...क्या है बिजली सो वही जाने। दूसरे कमरे में घंटा राम नारा लगाता है सोशलिस्ट पार्टी का। तीसरे में रामकृष्ण परमहंसदेव को लेकर फेला 'जप-ध्यान' में मग्न है। वाह! बंगला खूब बना सरकार, जिसमें लगे हैं दस दरवाजे।

गृहस्वामिनी ने कुछ नहीं समझा लेकिन, सिर से आँचल उन्होंने कुछ समझकर खिसकाया...पल्टू बाबू गृहस्वामिनी को खुला सिर देखते ही पिघल जाते हैं, सदा से। जब पहले-पहल आयी थी; याद है गृहस्वामिनी को, ठीक इसी चौखट के पास वह खड़ी थी, सिर खोलकर नयी दुलहन...गुरूदादू आये। सिर ढँकने लगी हड़बड़ाकर तो गुरूदादू ने सिर पर हाथ रख दिया—क्यों ढँकती हो? कितना सुन्दर लगता है, तुम्हारा यह खुला सिर!...उन दिनों गुरूदादू को लोग बाघ समझते थे फूलबागान में। उनकी उपस्थिति में कोई चीं-चूँ भी नहीं कर सकता। और...और गुरूदादू की सबल बाँहों में पड़ी उसने कहा था—अब सिर नहीं ढँकूँगी आपके सामने।...रात में डेढ़ बजे गुरूदादू के पैरों की आवाज सुनकर ही उसके पति की नींद खुल जाती और अचानक पलँग छोड़कर कमरे से भागते। और, गुरूदादू निर्भय, निश्शंक उसके कमरे में आ जाते। चुपचाप, गुमसुम। वह जिस तरह भी लेटी रहे, गुरूदादू सिर से कपड़ा सरकारकर, सिर में उँगलियाँ जरूर चला देते

थे। और कुछ नहीं। और कभी कुछ नहीं। पल्टू बाबू बहुत देर तक खुले सिर पान लगाती गृहस्वामिनी को देखते रहे। पान लेते समय पल्टू बाबू ने हँसकर कहा–चूना ज्यादा तो नहीं दे दिया है?

इस बार गृहस्वामिनी हँस पड़ी। याद है गुरूदादू को? शादी के बाद पहली बार पान सजाकर दिया बहू ने, तो मुँह जल गया।–ओ बौ! आमर मुख पुड़िये, मुखपोड़ा कोरे दिले जे![1] नयी दुल्हन हँसते-हँसते लोट-पोट हो गयी थी, अपने कमरे में।...गृहस्वामिनी अपने कमरे में हँसते-हँसते लोट-पोट हो रही है।

भरी दोपहरी में आज गुरूदादू गृहस्वामिनी के कमरे में निर्भय, निश्शंक होकर आ रहे हैं।...बौ! बौ!! मुँह में पान लेकर बोलते समय पल्टू बाबू की बोली जरा विकृत हो जाती है। बौ यानी गृहस्वामिनी ने सिर ढँक लिया, सफेद-काले बालों से भरा हुआ सिर। गृहस्वामिनी डर और अचरज से सोच रही है, यह आदमी क्या है? आदमी, या देवता, या राक्षस?...इसकी भूख आज तक नहीं मिटी?...कुंतला?

फूलबागान के फाटक पर होनेवाला कोलाहल अचानक फिर तीव्र हो गया। पल्टू बाबू ने अँगनाई से निकलकर डाँटा–क्या हल्ला मचा रहे हो!

सन्नाटा। घंटा की बोली ही बंद हो गयी।

पल्टू बाबू की गंभीर वाणी सुनी गयी–तमाशा कर रहे हैं, सब!

बिजली ने कहा–गुरूदादू! मेहता तुम्हें बुला रहा है।

–मुझसे क्या काम है अब मेहता को? मैंने कहा था न, समय रहते तुम इस कमेटी से निकल आओ...।

–हाँ, गुरूदादू! तुमने ठीक कहा था।

–यह तुमने मेहता के कहने पर समझा है कि मैं ठीक ही कह रहा था उस दिन?

मेहता का चेहरा देखकर ही पल्टू बाबू समझ गये। अभी तुरत कुछ पिया है इसने ओठों से! पल्टू बाबू ने कहा–मेहताजी! डिस्ट्रिक्ट बोर्ड में जो एक जगह खाली पड़ी हुई है, बिजली को उस जगह पर नोमिनेट क्यों नहीं करवा देते?

---

1. मेरा मुँह जलाकर मुँहजला कर दिया।

मेहता के दिमाग के बंद दरवाजों को किसी ने जोर से खोल दिया—ठीक ही तो! पल्टू बाबू ठीक ही तो कह रहे हैं। विजिलेंस कमेटी के इस दुख को दूर करने के लिए कोई उपाय ही नहीं सूझ रहा था—आप ठीक कहते हैं।

बिजली चुपचाप खड़ी देख रही है पल्टू बाबू को। गुरूदादू जो कुछ कहता है, ठीक ही कहता है। मेहता का हतप्रभ चेहरा। मुरली नहीं, भेड़! मुरली, गोधन—सभी गुरूदादू के सामने भेड़ा हो जाते हैं। मिमियाते हैं। और ऐसा गुरूदादू खुद कुंतला के सामने भेड़ा कैसे हो जाते हैं? आश्चर्य!

मेहता ने कहा—मैं आज ही, अभी ही जा रहा हूँ। बिजू, तुम दुख मत करो। देखो, गुरूदादू की कृपा से...।

गुरूदादू की कृपा! पल्टू बाबू की कृपा!!

बिजली जहाँ खड़ी है, उसके पास ही कैलेंडर पर किसी अभिनेत्री की तसवीर अंकित है। उसके सामने बिजली बूढ़ी लगती है। बूढ़ा... बूढ़ी...जवान...! पल्टू बाबू मन-ही-मन हँसते हैं। उम्र से आदमी को मापने की मूर्खता कब तक करते रहेंगे, लोग? पल्टू बाबू की इस मुसकराहट को देखकर बिजली को डर हुआ, कहीं आज फिर कोई बात न गड़ा बैठें।

किंतु पल्टू ने कोई बात नहीं गड़ायी। उन्होंने धीरे-धीरे कुंतला की चर्चा शुरू कर दी...उसकी कुशाग्र बुद्धि...उसकी बोली, फर्राटे से अँगरेजी बोलती है—अब तक पन्द्रह मुकदमे हाथ आये, बारह में जीत हुई है...चमक जायेगी...विदुषी है कुंतला, आदि-आदि।

बातें गड़ी नहीं। तेज छुरे की तरह इस पार से उस पार हो गयीं मानो। कुंतला, कुंतला, कुंतला! वह झुँझला कर बोली—कुंतला के सिवा आजकल...?

पल्टू बाबू ने बीच में ही उसके वाक्य को पूरा करते हुए जवाब भी दे दिया—कुछ नहीं देखता हूँ उसके सिवा, बिजली। तुम लोगों ने कुंतला को गलत समझा है। वो तुम्हें बहुत प्यार करती है, किंतु? और, यह डिस्ट्रिक्ट बोर्ड की मेम्बरी के लिए नोमिनेट करवाने की बुद्धि भी उसी के दिमाग की है।

बाहर छबि की खिलखिलाहट सुनकर ही पल्टू बाबू समझ गये, गोधन भी आया है। उन्होंने मुसकराकर कहा—अब जरा इस लीडर साहब को सुबुद्धि दे दूँ।...अखिल भारतीय अधिवेशन में गोधन को डेलिगेट होना चाहिए!

विक्ट्री डे!

सोशलिस्ट पार्टी की स्थानीय शाखा ने 'विजय दिवस' मनाने का निश्चय किया है। सब-डिविज़नल ऑफिसर ने विजिलेंस कमेटी को 'डिज़ॉल्व' कर दिया है। दूसरी कमेटी बनेगी। सोशलिस्ट पार्टीवाले इसको अपनी जीत मानते हैं। भाइयो! आइए, इस नकली कमेटी के टूटने की खुशी में हम लोग मिलकर आनंद मनावें। नव-सांस्कृतिक संघ की ओर से जननृत्य का प्रदर्शन!

जननृत्य!

बलवाही, विदेशिया, सावित्री, बेहुला, कसला तथा नन्हीं-विन्हीं नाच-पार्टीवालों को जीप पर लादकर ला रहा है घंटा।

स्कूल के पासवाले मैदान में मुक्त आकाशी-मंच बनाया गया है।

छबि ने कहा—बिजू-दी, तुम तो नहीं जाओगी देखने।

बिजली बोली—क्यों नहीं जाऊँगी? जरूर जाऊँगी।

छबि अचरज से बोली—मुरली-दा भी जायेंगे?

बिजली ने कहा—मुरली-दा बाहर गये हैं।

बाबाजी और रामटहल तैयार होकर छुट्टी लेने आया तो गृहस्वामिनी बोली—सभी जा रहे हैं तो घर में कौन रहेगा?

बाबाजी बोला—बिजू-दी रहेंगी।

छबि ने पुकारकर कहा—बिजू-दी भी जायेंगी।

इस बार बिजली ने हँसकर कहा—नहीं रे! मैं नहीं जाऊँगी।

छबि चली गयी। फूलबागान में रह गयी सिर्फ बिजली। अकेली नहीं, वह रूपन को ले आयी।

रूपन तोता!

लट्टू बाबू के पिता के समय से ही रूपन पिंजड़े में है। बूढ़ा हो गया है। आजकल उपेक्षित अवस्था में दिन काट रहा है। लेकिन एक समय था जबकि घर के मालिक सुबह उठकर सबसे पहले रूपन से बातचीत करते थे—की रूपन। भालो कोरे घुमिये छिले? नींद अच्छी तरह आयी थी। राधे-राधे, राधे-श्याम बोलो, रूपन! पिछले तीन-चार साल से उससे कोई नहीं बोलता। उसने भी बोलना बंद कर दिया है। समय-असमय में, कभी-कभी राधेश्याम का नाम ले लेता है। कल ही, कल ही तो, छत के कोने में जब छबि रूठी बैठी और गोधन मनाने आया था तो रूपन बोल उठा था—राधे-राधे!!

बिजली ने सेब का एक टुकड़ा दिया। रूपन की आँखें छलछला आयीं शायद।...अहा, बिजू-दी! एक युग हो गया सेब खाये। भगवान भला करे तुम्हारा।

—रूपन! खाओ।

—खा लो तो राधे-राधे रटना।

रूपन ने इस बार सीटी दिया। सारा फूलबागान उसकी सीटी से गूँज उठा।...राधे-राधे। राधेश्याम। बोलो।...के-के-के? कुत्ता-कुत्ता-कुत्ता।...आ तू-तू-तू!

—कहाँ है कुत्ता, रूपन?

—आ तू-तू-तू!! कुत्ता-कुत्ता-कुत्ता!

कुत्ता नहीं, गोधन!

गोधन आया है बिजली को लिवाने—बिजू-दी! चलिए, ऐसा आयोजन फिर कभी नहीं होगा। कहीं तिल धरने की जगह नहीं।...अभी छबि बोली कि बिजू-दी भी आना चाहती थीं। चलिए, मैं दो कामरेड साथ ले आया हूँ। वे यहाँ रहेंगे। चलिए...।

—कुत्ता-कुत्ता-कुत्ता! आ-तू-तू-तू!!

—नहीं, मेरा जी अच्छा नहीं।

—क्या हुआ है?

—सिर में दर्द है?

—हाँ।

—लाइए, मैं टीप दूँ।

—छिः! आप जाइए।

गोधन, फूलबागान पर अपना एकछत्र राज्य समझता है। जिसको चाहे प्रसन्न कर सकता है। जूट-मिल खोलने के लिए बैरगाछी-मैदान पर डेढ़ सौ बीघे जमीन की रजिस्ट्री बना देगा, लट्टू बाबू के नाम।... पल्टू बाबू के बाद, गोधन को ही 'लक्ष्मी' मानते हैं फूलबागानवाले।... मुरली बाबू का मान-आदर धीरे-धीरे कमने लगा है।

बिजली आज बहुत दुखी है। उसको अपनी माँ की याद आ रही है आज। वह गोधन को नाराज नहीं करना चाहती लेकिन, क्या करे? वह जानती है, गोधन उसको बुलाने नहीं आया है। वह क्यों आया है, जानती है बिजली। किन्तु, किन्तु...।

—मारिये गोली इस तोता को। इधर आइए!! गोधन ने बिजली का हाथ पकड़ लिया।

—कुत्ता-कुत्ता-कुत्ता!

बिजली रोने लगी, फूट-फूटकर। गोधन डर गया। उसके सिर पर सवार भूत तुरत उतर गया। क्या हुआ बिजली को? क्यों रोने लगी? उसने समझाने की चेष्टा की—बिजू-दी! क्या हुआ? देखिए, रोइए मत। मुझे कहिए, क्या हुआ?

बिजली क्या कहे? उसे अपने-आपसे घृणा हो गयी है। वह अपनी देह पर किरासन-तेल डालकर आग लगा लेना चाहती है। छिः, छिः! यह भी कोई जिन्दगी है? ऐसी जिन्दगी से मौत भली। राह चलते लोग थूकेंगे, फूलबागान के हर प्राणी पर...!

गोधन बिजली की आँख पोंछना चाहता था कि छबि की छाया छत पर दिखाई पड़ी—छबि! तुम भी आ गयीं। देखो न, बिजू-दी रो रही हैं।

छबि जानती थी, बिजू-दी अब गोधन को पकड़ेगी। और, गोधन? इसकी बात का क्या परतीत? यह तो पुरुष है। लेकिन, बिजू-दी को क्या हो गया है, जरा भी संतोष नहीं। वह बोली—वहाँ घंटा-दा बार-बार तुमको खोज रहा है और तुम यहाँ 'कलंक-भंजन' लीला कर रहे हो!

बिजली समझती है, छबि कोई मौका खोज रही है। एक दिन वह

बरसेगी। छबि, बरसी नहीं। वह आकर बिजली के पास बैठ गयी। रूपन के पिंजड़े को देखकर उसे भी बचपन की बातें याद आ गयीं। रूपन ने फिर एक बार 'राधे' का नाम लिया।

गोधन जाने लगा तो रूपन ने पुकारकर कहा–कुत्ता! तू-तू-तू!!

छबि ने डाँटते हुए कहा–छिः, ए की! रूपन, किसको कुत्ता कहते हो, वह गोधन-दा है। बोलो, ऐसा-ऐसा!!

रूपन 'ऐसा-ऐसा' नहीं कहेगा। वह कुत्ते को पुकारेगा–तू-तू-तू! कुत्ता-कुत्ता-कुत्ता!! छबि हँसने लगी।

बिजली ने कहा–तुम नहीं जाओगी अब?

छबि ने कहा–नहीं। चलो, बिजू-दी! तुम्हारा सिर टीप दूँ।

पल्टू बाबू एस. डी. ओ. साहब को समझा रहे हैं–हुजूर! सारे इलाके में आपका नाम हो गया है। जनता की माँग पर आपने कमेटी को तोड़ दिया। लेकिन, अब जो भी कमेटी बनाइएगा, उसका क्या आधार होगा? याने, इसमें कैसे लोगों को लीजिएगा?...और...और...!

एस. डी. ओ. साहब ने कहा–आपसे बहुत बातें करनी हैं। थोड़ी देर बैठिए...।

पल्टू बाबू की नजर में, सभी शतरंज के प्यादे हैं–फीले हैं, घोड़े हैं, किश्ती हैं। लट्टू बाबू, बिजली, गोधन, मेहरा, कुंतला, फेला, छबि–सभी। सारी दुनिया शतरंज के काले-सादे घर, चौकोर स्क्वायेरों में विभक्त। कहीं बिजली है, कहीं गोधन।

लेकिन, इस बार उन्हें लगता है, वह खुद भी कुछ हैं...बादशाह! नहीं-नहीं, वह मात नहीं खा सकते...।

युगों से पल्टू बाबू ने इस इलाके पर अपना प्रभाव प्रसारित किया है।...बैरगाछी कस्बा को बसते देखा है पल्टू बाबू ने। उन्होंने बसाया है यह कस्बा। परमान नदी के सात घाट की ही नहीं, बारह घाटों की ठेकेदारी की है। जिले-भर के मशहूर लोगों को बरसात के दिनों में पन्द्रह साल तक नावों पर खेकर इस पार से उस किनारे तक पहुँचाया

है। लट्टू बाबू के पिता ने सभ्य समाज में जगह दी। फिर पल्टू बाबू ने अपनी पहुँच के मुताबिक 'फूलबागान' की प्रतिष्ठा के लिए काम करना शुरू किया था।...इलाके का मशहूर डकैत, पल्टू बाबू का शिष्य। मशहूर पहलवान, पल्टू बाबू का चेला। मशहूर मूर्ख-अमीर, पल्टू बाबू का मित्र।...बसते हुए कस्बे के लोगों को मालूम था, पल्टू की नाराजगी का क्या अर्थ हो सकता है?...प्रसाद बाबू मुख्तार ने खुलेआम विरोध किया था—नहीं-नहीं। इस आदमी से बात करना भी मैं अपनी शान के खिलाफ समझता हूँ। पल्टू बाबू सुनकर मुसकराते रहे—मुख्तार साहब बात से समझनेवाले देवता नहीं हैं। पल-भर के अंदर ही परसाद बाबू मुख्तार का भ्रम दूर हो गया था। गिड़गिड़ाकर बोले थे—माफ करो, पल्टू...!

इस कस्बे के किस परिवार का ऊँच-नीच उनसे छिपा है? आज भी, किस घर की हाँडी में क्या पकता है, कोई पल्टू बाबू से पूछे।... अब तो, सब-डिविज़न के सबसे बड़े अफसर तक उनसे पूछकर राह चलते हैं। यों, हाकिम-हुक्कामों के घर के चोर-दरवाजों से बहुत पहले से ही परिचित हैं। कौन कहता है कि अँगरेज अफसर घूस नहीं लेते थे? पल्टू बाबू ने अपने हाथ से मुहरों से भरी हुई थैली दी है, खाँटी अँगरेज साहब बहादुर को। मुल्की मल्लाहवाले मामले में! पचास साल पहले की बात है। मुल्की को बेदाग बचा लिया था पल्टू बाबू ने। एक अँगरेज एस. पी. ने आते ही सबसे पहले पल्टू बाबू को किसी तरह फँसाना चाहा था। अंत में संथालों के द्वारा उसका शिकार किया था पल्टू बाबू ने। लाश ही गायब!

लेकिन, अंतिम समय में उनके पाँव डगमगा रहे हैं, क्यों? कुंतला ने उनको झकझोर दिया है। कुंतला नहीं, आँधी!

आज तक कभी घर-गृहस्थी बसाने की वासना जिस व्यक्ति के दिल में नहीं जगी, वह प्रजा-काम हो गया है। इस उम्र में विवाह का प्रस्ताव किस मुँह से कोई कर सकता है? कुंतला-जैसी युवती से?...लेकिन पल्टू बाबू प्रस्ताव रखेंगे। उन्होंने निश्चय कर लिया है।

कुंतला बदला लेगी। सभी से। अपने भाई-बाप से, समाज से, गोधन से, बिजली से, छबि से। प्रतिहिंसा की आग अब धुधुआ उठी है उसके अंदर। सभी को झोंकना चाहती है इस आग में। उसके पिता ने इधर कई दिनों से कहना शुरू किया है घुमा-फिराकर—पल्टू बाबू को लेकर लोग तरह-तरह की बातें फैला रहे हैं।

आज कुंतला ने स्पष्ट शब्दों में जवाब दे दिया है—तुम सारा दिन घर में पड़े रहते हो और दुनिया-भर की बातें तुम्हारे कानों में पड़ जाती हैं। मैं दिन-भर बाहर रहती हूँ, लेकिन कभी तो किसी से कुछ नहीं सुना।

पुलिस-सुपरिंटेन्डेन्ट ने पत्र लिखा है, व्यंग्य-भरा। जवाब दिया है कुंतला ने, प्रेम-भरा!...सभी से बदला लेगी कुंतला..।

यह नया सब-डिप्टी-मजिस्ट्रेट अपने को यूसुफ समझता है। हूँ... इससे भी बदला लेगी, कुंतला! आज बहस के समय वह अभद्र हँसी क्यों हँस रहा था? पिद्दी हाकिम!

क्रिं! कॉल-बेल की इस प्रकार को पहचानती है, कुंतला। इस कॉल-बेल का अर्थ है—आज पल्टू बाबू देर तक बैठेंगे। आज कुंतला देर तक बैठावेगी पल्टू बाबू को।

—मुँह लटका हुआ है जो?

कुंतला और भी उदास हो गयी। कुछ बोली नहीं।

—आज बहस में क्या हुआ था?

—कुछ नहीं।

—सिर-दर्द है?

—नहीं।

गृद्ध और हिरणी की आँखें आपस में मिलीं। हिरणी की आँखों में माया के आँसू उमड़े।...किस पर वज्र गिरनेवाला है? भोलासाही बाबू लाठी टेकते हुए कमरे में बिना खाँसे-खखारे आ गये। कुंतला ने चिल्लाकर कहा था—बाबू! तुम यहाँ क्यों आये हो? तुमको चलना-फिरना मना है न?

—नहीं, मैं चलूँगा। जब तक मेरी सारी देह में लकवा नहीं मार देता, तब तक चलूँगा। भोलासाही बाबू पास के मोढ़े पर बैठ गये।

खाँसकर बोले—माय रे!

कुंतला कमरे से बाहर निकल गयी और सनेही को पुकारने लगी—सनेही! बाबूजी को ले जाओ।

सनेही आकर भोलासाही बाबू को समझाने लगा—कविराजजी ने चलना मना किया है आपको। चलिए, आराम कीजिए, आराम कीजिए।

कुंतला ने आज प्रथम बार 'तुम' कहा पल्टू बाबू को बड़े प्यार से—बाबू को देखकर तुम इस तरह सकपका क्यों जाते हो? मैं तुम्हें किसी के सामने इस तरह सकपकाया हुआ नहीं देख सकती।

प्रसिद्ध-दिलेर पल्टू बाबू का दिल काबू से बाहर होकर धड़क रहा है—कुंतल! मैं चाहता हूँ कि तुम...मैं...तुम्हारे साथ दिन-रात रहूँ।

भोलासाही बाबू अपने कमरे में जोर-जोर से रो पड़े—मुझे देखनेवाला कोई नहीं। मेरे मुँह पर कालिख लगनेवाला है। सनेही रे!

बिजली, डिस्ट्रिक्ट बोर्ड का सदस्य नामजद हो गयी। फूलबागान में आज फिर धूम-धाम से पूजा-पार्टी का आयोजन हो रहा है। समाजियों के लिए पूजा और साहब-समाजियों के लिए पार्टी।

घंटा इस पार्टी में नहीं भाग ले सकता। इसलिए वह आज 'टूर' पर निकल गया है, साइकिल से।

फेला अब घर नहीं आता है कभी।

रमा और कना हर सप्ताह फेला-दा को पत्र लिखती हैं।

बाबाजी बौबजन और रामटहल युगों के बाद लम्बी छुट्टी लेकर घर गये हैं। गृहस्वामिनी रोज कहती है—बिजू! ठाकुर और रामटहल को तार लगा दो। मैं अब नहीं खट सकती, आर पारि ना।

बिजली का दिन भी बार-बार पुकारकर कहता है—आमि आर पारि ना।...पारि ना। नहीं ढो सकती अब ऐसी जिंदगी...!

लट्टू बाबू कहते हैं—इस बार तो बिना गाड़ी के तुम्हारा काम नहीं चल सकता। कल ही कलकत्ता जाता हूँ।

बिजली हँसती है—काका बाबू भी खूब हैं। उन्होंने हिसाब करके देख लिया है। गाड़ी के बिना अब नुकसान ही होगा।...बिजली मन-ही-मन गाँठ बाँध रही है किसी बात में। वह भी बदला लेना चाहती है किसी से क्या?

हाँ। बिजली भी बदला लेगी, मुरलीमनोहर मेहता से। और किसी से नहीं। कुंतला से भी नहीं। सिर्फ मुरलीमनोहर मेहता की उजली टोपी को कीचड़ में घसीटना चाहती है। वह लेगी बदला।

बिजली बड़बड़ायी—का पुरुष!

रूपन चिल्लाया—कुत्ता!

बिजली हँसी—रूपन ने ठीक पहचाना है। सभी कुत्ते!! छोगमल, मुरलीमनोहर, गोधन, पल्टू बाबू...!

पूजा-पार्टी समाप्त होने के बाद गृहस्वामिनी दौड़ती-हाँफती आयीं, बिजली के कमरे में। तुतलाती हुई बोली—बि-बि-बिजू-रे! सुनेछिस? गुरूदादू कुंतला के लिए कोरबे।[1]

—एँ?

काँच का कोई बर्तन अचानक झनझनाकर टूटा, फूलबागान के किसी कोने में।

—कुंतला से शादी करेंगे पल्टू बाबू?

—गुरूदादू?

—हाँ। आमि। खबर सही है। कल ही रजिस्ट्री होगी। तुमको साक्षी के लिए कहने आया हूँ।

भोलासाही बाबू पागल हो गये हैं। उन्हें लगता है, उनके मुँह पर कालिख पुता हुआ है। सनेही के सिवा और कोई भी उनको समझा नहीं सकता। लेकिन, आज शाम को वह हठात् शांत हो गये हैं, नॉर्मल!

—बेटी! कुंतला को पुकार वह चुप हो गये।

1. सुना है? गुरूदादू कुंतला से शादी करेंगे!...

—क्या है, बाबूजी!

—पल्टू से लिखा-पढ़ी हो गयी?

—कैसी लिखा-पढ़ी? रजिस्ट्री?

—नहीं। रजिस्ट्री के पहले कोई लिखा-पढ़ी नहीं करोगी?

कुंतला समझ गयी। बोली—रजिस्ट्री के अलावा और किसी लिखा-पढ़ी की बात मैंने कभी नहीं सोची।

आहत स्वर में भोलासाही बाबू बोले—तो, हमारी एक बात भी नहीं मानोगी तुम?

सनेही ने समर्थन करते हुए कहा--तेतरी-दी, कम-से-कम लिखा-पढ़ीवाली बात तो तुम मान लो।

कुंतला बोली—इस लिखा-पढ़ी की बात पी. बी. से मैं नहीं कहूँगी। कुंतला पल्टू बाबू को आजकल संक्षिप्त नाम से पुकारती है—पी. बी.। पीबी!!

सनेही बोला—कहो तो, मैं बात करूँ उनसे?

कुंतला ने चुप रहकर अपनी सहमति प्रकट की और सनेही साइकिल लेकर निकला। कुंतला ने बुलाकर कहा—लेकिन मेरा नाम इस प्रस्ताव में मत जोड़ना।

—तुम निश्चिंत रहो।

पल्टू बाबू ने बात मान ली।...रजिस्ट्री के पहले कागज बना देंगे। सारी सम्पत्ति कुंतला के नाम लिख देंगे। फिर रजिस्ट्री का कागज लिखा जायेगा। रजिस्ट्री कल नहीं होगी।

सारे शहर में बात फैल गयी—रजिस्ट्री कल नहीं होगी। कल कागज बनेगा।...वसीयतनामा!

फुलगेंदा साह हलवाई की दुकान पर, कचौड़ी की तरह बातें छानी जा रही हैं। फत्तू खलीफा ताजा रिपोर्ट ले आया है—रजिस्ट्री कल नहीं होगी। पहले वसीयतनामा, तब रजिस्ट्री।

—कागजी शादी इसी को कहते हैं।

—कोई पुरोहित या मंत्र-तंत्र नहीं पढ़ाया जाता रजिस्ट्री-शादी में!

—शादी के बाद, क्या कहते हैं, सो ही करने दार्जिलिंग जायेंगे पल्टू बाबू।

—क्या करने जायेंगे? सो ही।

—सो ही वही, हनिबूल।

—यह क्या होता है?

—हनिबूल नहीं, हनिमून।

—अँगरेजी में इसका क्या माने होता है? फत्तू खलीफा ने कचौड़ी खाते हुए स्टुडेंट से पूछा—कहिए तो बाबू, हनिमून का क्या माने होता है अँगरेजी में?

विद्यार्थी ने कहा—हनी माने शहद, और मून माने चाँद।

—तो टोटल माने हुआ जाकर के—शहदचाँद?

—शहदचाँद।

—क्या कहा? कुंतला क्रिस्तान हो जायेगी?

—कौन कहता है?

—अच्छा? सरकार के हाथ में इस शादी को कंट्रोल करने का कोई कानून नहीं? बाल-विवाह के लिए तो कानून है, लेकिन...।

—कौन कंट्रोल करवाना चाहता है, भाई?

—बाल-विवाह करना कसूर है तो बूढ़ा-विवाह क्यों नहीं?

—कौन है बूढ़ा? अरे, पल्टू बाबू अभी पाँच जवान पर भी भारी हैं।

—कौन साबित करेगा कि बूढ़ा है? अस्पताल की डागडरनी?

जोरों का ठहाका लगा।

साइकिल से जाते हुए सनेही ने ब्रेक लगाया। एक भीड़ शोभाचंद मारवाड़ी की दुकान के पास जमी थी। सभी इसी शादी की चर्चा कर रहे थे। सनेही को देखकर शोभाचंद के बड़े लड़के बैजनाथ ने कहा—सनेही? क्या हुआ इस मैरेज में? पोस्पोन्ड हो गया, सुनते हैं?

—पोस्टपोन्ड नहीं हुआ है। परसों होगा।

—तुम्हारे दोस्त का क्या हाल है?

—कौन दोस्त?

—गोधनलाल का?

लिखा-पढ़ी हो गयी!

और, आज शादी का कागज भी तैयार हो गया।

रजिस्ट्री-ऑफिस में आज भीड़ लगी हुई है। तिल धरने की भी जगह नहीं।

पल्टू बाबू गुलाबी अचकन पहनकर आए, फिटन गाड़ी पर।

कुंतला टमटम पर आयी!...साड़ी सफेद क्यों?

ऑफिस के बाहर खड़ी भीड़ को कुछ पता भी नहीं चला। आध घंटा के अंदर ही पल्टू बाबू अपनी विवाहिता स्त्री कुंतला देवी के साथ ऑफिस से बाहर निकल आये।

दोनों, फिटनगाड़ी पर सवार होकर चले गये!

—वाह रे शादी!

—इसी को कहते हैं, सरकारी शादी!

—न ढोल, न ढाक, न बाजा, न शहनाई—हो गई शादी। वाह रे शादी!

—ऐसी शादी ही ठीक।

—अखबार में तो यह खबर जरूर छपेगी?

—फोटू भी छपेगा।

—छपने दो साले को।

—लेकिन, देखना—मैं कहता हूँ, एक महीने में ही सिठ्ठी निकालकर छोड़ देगी! भोलासाही की बेटी है, खेल नहीं!!

पल्टू बाबू के घर पर पार्टी है रात में!

फूलबागान के सभी सदस्य निमंत्रित हैं। गृहस्वामिनी से लेकर रमा और कना तक को पल्टू बाबू ने वस्त्र और आभूषण दिया है, इस शादी के अवसर पर। रामटहल और बौबजन बाबाजी को भी मोहर छाप

धोती और रेशमी कुर्ता मिला। यूनुस गाड़ीवान को रेशमी पगड़ी का शौक था, सो भी पूरा हो गया है।

रात के ग्यारह बजे तक, पल्टू बाबू के घर पर भोज चलता रहा। लाउड-स्पीकर पर रेकॉर्ड बजते रहे, बारह बजे रात तक। इसके बाद, कोलाहल धीरे-धीरे शांत हुआ। गृहस्वामिनी ने, बिजली ने, रमा-छबिकना ने मिल-जुलकर 'बासर घर' को सजाया है। फूल-ही-फूल–चारों ओर!

डेढ़ बजे रात में गृहस्वामिनी मुसकराती हुई, अकेले बैठे हुए पल्टू बाबू से कहने गयी–एक बार ताहले।

दोनों की आँखें चार हुईं और हठात् झुक गयीं।

पल्टू बाबू ने जब 'बासर घर' में प्रवेश किया, तो बिजली ने शंख बजाया। 'बासर घर' का दरवाजा धीरे-धीरे बंद हो गया।

सजी-सजायी दुलहिन–कुंतला! अप्सरा!

पल्टू बाबू का कलेजा धड़क रहा है। अपूर्व आनंद!

कुंतला देखती है, एकदम नया पी. बी.! चेहरा एकदम बदल गया है। लगता है, लगता है भोला-भाला शिशु जैसा उसका यह स्वामी! आँखें फाड़कर उसको देख रहा है। एकदम चेंज्ड मैन! कुंतला ने ही मौन भंग किया। 'बासर घर' में पहले उसी की बोली हौले-हौले सुनाई पड़ी–पी. बी.!

–????

–बैठो, पी. बी.! कुंतला ने पहली बार अपने पति को स्पर्श किया।

अपूर्व आनंद! मुँह में बोली क्यों नहीं आ रही? पल्टू बाबू कुछ बोलना चाहते हैं। लेकिन, यह क्या? बोली आती नहीं जीभ पर।... कुंता! रानी कुंता।

कुंतला ने ही बाहु-बंधन में बाँधा। आह! इतने दिनों के बाद... युगों के बाद आज अपने मन की अपनी...अपनी ही पत्नी...अपनी स्त्री...सुगंध का सागर उमड़ा है...कुंता...रानी कुंता...पी. बी., मेरे राजा

रो क्यों रहे हैं? पीबी? पी बी?? पी...बी! अरे???

—हाल्ट हुकुमदार!

ट्रेजरी के पहरेदार की आवाज गूँज उठी।

काकी माँ!

—काकी माँ!! कुंतला डाकछे।

—काकी माँ। काकी माँ!

—ऐं? क्या हुआ?

—जल्दी डॉक्टर को बुलाओ। पीबी को क्या हो गया?

—एँ, डॉक्टर? डॉक्टर? डॉक्टर? केन...केन डाको डॉक्टर?

कोहराम मच गया, छन में ही।

—पल्टू बाबू शेष?

—शेष? अँ?

—गजब हुआ।

डॉक्टर ने आकर देखा—सजे-सजाये पलँग पर पल्टू बाबू सोये हैं।...अभी कुछ देर पहले आँखें खुली थीं।...पानी? हाँ, पानी लिया है...कुंतला कहती है—डॉक्टर, प्लीज़, सेव माई पीबी!

डॉक्टर ने नाड़ी पर हाथ रखा। छाती पर स्टेथेस्कोप लगाया और एक लम्बी साँस लेकर उठ खड़ा हुआ।

इस बार दहाड़ मारकर कुंतला डॉक्टर के पैर पर गिरी—मेरा सर्व... नाश!!

गृहस्वामिनी ने आगे बढ़कर कुंतला को सँभाला।...कुंतला नंगी हो गयी है...कपड़े-गहने नोंच-नोंचकर फेंक रही है, देह से—यह क्या हुआ, काकी माँ? ए कि होली?

कौन जवाब दे? क्या जवाब दे?

सुबह पुलिस-इंसपेक्टर ने आकर लाश पर कब्जा कर लिया, पोस्टमार्टम किया जायेगा!

—लेकिन, क्यों?

कुंतला ठठाकर हँस पड़ी—ठीक है। ठीक है!! मैं समझ गयी।...

ले जाओ, काटो-चीरो-फाड़ो, पता लगाओ, चला गया यह पीबी मेरा... कैसे चला गया? ले जाओ!

पुलिस-सुपरिन्टेन्डेन्ट ने आकर जिरह करना शुरू किया तो कुंतला फिर पगली हो गयी—आई हेट टु टॉक!

—लेकिन, जवाब आपको देना ही होगा।

—क्यों?

—क्योंकि, पल्टू बाबू की मृत्यु बड़े नाटकीय ढंग से हुई है।

—जासूसी नाटक...हँ-हँ-हँ...जासूसी...जासूसी...जासूसी!!

●●●